MAURICE LEBLANC

Tradução
DÉBORA ISIDORO

Prefácio
JULES CLARETIE
da Académie Française

Arsène Lupin
O ladrão de casaca

São Paulo, 2021

Arsène Lupin: o ladrão de casaca
Arsène Lupin, Gentleman Cambrioleur by Maurice Leblanc
Copyright © 2021 by Novo Século Ltda.

EDITOR: Luiz Vasconcelos
COORDENAÇÃO EDITORIAL: Nair Ferraz
PREPARAÇÃO: Ariadne Silva
REVISÃO: Marcela Monteiro
DIAGRAMAÇÃO: Manu Dourado
ILUSTRAÇÃO DE CAPA: Kash Fire

Texto de acordo com as normas do Novo Acordo Ortográfico da Língua Portuguesa (1990), em vigor desde 1o de janeiro de 2009.

Dados Internacionais de Catalogação na Publicação (cip)
Angélica Ilacqua CRB-8/7057

Leblanc, Maurice, 1864-1941
Arsène Lupin: o ladrão de casaca / Maurice Leblanc ; tradução de Débora Isidoro. -- Barueri, SP : Novo Século Editora, 2021.

Título original: Arsène Lupin, Gentleman Cambrioleur

1. Ficção francesa I. Título II. Isidoro, Débora

21-1723   CDD 843

Índice para catálogo sistemático:
1. Ficção francesa

uma marca do
Grupo Novo Século

Alameda Araguaia, 2190 — Bloco A — 11º andar — Conjunto 1111
CEP 06455-000 — Alphaville Industrial, Barueri — SP — Brasil
Tel.: (11) 3699-7107
www.gruponovoseculo.com.br | atendimento@gruponovoseculo.com.br

Gentleman — Cambrioleur
(O ladrão de casaca)

Nota do transcritor: *Arsène Lupin: Gentleman-Cambrioleur* é o primeiro livro da série "Extraordinárias Aventuras de Arsène Lupin", de Maurice Leblanc. Este e-book é baseado na edição de 1907 publicada em Paris por Pierre Lafitte & Cie. Foi criado a partir de textos e digitalizações generosamente disponibilizados por Wikisource, Google Books e Internet Archive.

A Pierre Lafitte.

MEU CARO AMIGO:
Você me direcionou para um caminho pelo qual jamais pensei em me aventurar e no qual encontrei tanto prazer e tanta satisfação literária que me pareceu justo citar seu nome no início deste primeiro volume e afirmar aqui meus sentimentos de afeto e fiel gratidão.

M. L.

PREFÁCIO

— Contem-nos uma história de ladrões, vocês que tão bem as contam...

— Que seja — disse Voltaire (ou outro filósofo do século XVIII, porque a anedota é atribuída a vários desses incomparáveis locutores).

E ele começou:

— Era uma vez um coletor de impostos...

O autor de *As aventuras d'Arsène Lupin*, que sabe contar histórias tão bem, teria começado de outra maneira:

— Era uma vez um ladrão de casaca...

E esse começo paradoxal teria espantado os ouvintes. As aventuras de Arsène Lupin, tão incríveis e cativantes quanto as de Arthur Gordon Pym, fizeram melhor. Não despertaram o interesse apenas de um salão, mas cativaram multidões. Desde o dia em que esse personagem surpreendente fez sua aparição na *Je Sais Tout*, ele assustou, encantou e divertiu centenas de milhares de leitores e, no novo formato de livro, vai entrar de maneira triunfante na biblioteca, depois de ter conquistado a revista.

Essas histórias de detetives e malfeitores da alta sociedade ou da rua exercem, até hoje, uma singular e poderosa atração. Balzac, ao se despedir de madame de Mortsauf, trouxe a dramática existência de um detetive de polícia. Victor Hugo criou Javert, que perseguia Jean Valjean enquanto o outro "inspetor" perseguia Vautrin. E ambos pensavam em Vidocq, aquele estranho lobo que se transformara em cão de guarda, cujos segredos o poeta dos *Miseráveis* e o romancista de Rubempré conseguiram colher. Mais tarde, e em menor medida, sr. Lecoq despertou a curiosidade dos entusiastas do romance judiciário, e sr. Bismarck e sr. Beust, esses dois oponentes, um feroz, o outro espiritual, encontraram antes e depois da batalha de Sadowa o que menos os opunha: as histórias de Gaboriau.

Assim acontece ao escritor que encontra em seu caminho alguém a partir de quem cria um personagem que, por sua vez, faz a fortuna literária de seu inventor. Feliz daquele que cria do nada um ser que logo parecerá tão vivo quanto os vivos: Delobelle ou Priola! O romancista inglês Conan Doyle popularizou Sherlock Holmes. M. Maurice Leblanc encontrou seu Sherlock Holmes, e acredito que, desde as façanhas do famoso detetive inglês, nenhuma aventura no mundo despertou tanta curiosidade quanto as façanhas desse Arsène Lupin, essa sucessão de histórias que agora se tornou um livro.

O sucesso das histórias de M. Leblanc tem sido, pode-se dizer, avassalador na avaliação mensal onde o leitor, que antes se contentava com as intrigas comuns do romance em série, buscará (significativa evolução) uma literatura que o divirta, mas que ainda seja, no entanto, literatura.

O autor fez sua estreia há doze anos, se não me engano, no antigo Gil Blas, onde seus contos originais, sóbrios e poderosos, o colocaram imediatamente na categoria dos melhores contadores de histórias.

Nascido em Rouen, Normandia, o autor era obviamente da boa linhagem de Flauberts, Maupassants, Albert Sorels (que também era um romancista nas horas vagas). Seu primeiro romance, *Une Femme*, chamou muita atenção, e, desde então, vários estudos psicológicos, como *l'OEuvre de Mort*, uma peça em três atos, aplaudida no Antoine e *la Pitié*, se juntaram a esses pequenos romances de duzentas linhas nos quais o sr. Maurice Leblanc se destaca.

É preciso ter um dom especial de imaginação para encontrar esses dramas em contos, romances rápidos que guardam a própria substância de volumes inteiros, como vinhetas magistrais contêm quadros inteiros. Essas raras qualidades de um criador estavam fadadas a encontrar um quadro maior um dia, e o autor de *Un Femme* logo concentraria nisso, depois de se dispersar em tantas histórias originais.

É aí que ele conhece o delicioso e inesperado Arsène Lupin.

Conhecemos a história desse bandido do século XVIII que roubava as pessoas com os punhos, como Buffon escreveu em sua *Histoire Naturelle*. Arsène Lupin é um sobrinho daquele canalha que amedrontava e, às vezes, sorria para os amedrontados e seduzidos marqueses.

— Você pode comparar — me disse o sr. Marcel L'Heureux ao trazer as provas do trabalho de seu colega e os números que ilustravam as façanhas de Arsène Lupin —, você pode comparar Sherlock Holmes a Lupin e Maurice Leblanc a Conan Doyle. É certo que esses dois escritores têm seus pontos em comum. Mesmo poder de contar a história, mesma habilidade de criar a intriga, mesmo conhecimento do mistério, mesma sequência rigorosa de fatos, mesma sobriedade de meios. Mas que superioridade na escolha dos temas, na qualidade da dramatização! E observe este diferencial: com Sherlock Holmes, cada vez nos deparamos com um novo roubo e um novo crime; aqui, sabemos de antemão que Arsène Lupin é o culpado; sabemos que, quando desvendarmos as emaranhadas tramas da história, estaremos frente a frente com o famoso ladrão de casaca! Havia um obstáculo aqui, é claro. Evitava-se, era até impossível evitar com mais habilidade do que fez Maurice Leblanc. Utilizando processos que os mais informados não distinguem, ele mantém o leitor em suspense até o desfecho de cada aventura. Até a última linha permanecemos com a incerteza, a curiosidade, a angústia, e a reviravolta é sempre inesperada, avassaladora e perturbadora. Na verdade, Arsène Lupin é um modelo, um modelo já lendário e que permanecerá. Uma figura viva, jovem, cheia de alegria, o inesperado, a ironia. Ladrão, vigarista e trapaceiro, o que você quiser, mas que simpático esse bandido! Ele age com uma naturalidade tão bonita! Quanta ironia, quanto charme e quanta inteligência! Ele é uma diletante. É um artista! Observe bem: Arsène Lupin não rouba; ele tem prazer em roubar. Ele escolhe. Se necessário, ele devolve. Ele é nobre e charmoso, cavalheiresco, delicado e, repito, tão simpático, que tudo o que ele faz parece certo, e é alguém que se encontra, apesar de si mesmo, esperando o sucesso de seus empreendimentos, que se alegra, e que parece ter a seu lado a própria moralidade. Tudo isso, repito, porque Lupin é criação de um artista, e porque ao compor um livro em que deu rédea solta à sua imaginação, Maurice Leblanc não se esqueceu de que era antes de tudo, e no sentido pleno do termo, um escritor!

Assim falou M. Marcel L'Heureux, tão bom juiz do assunto, e que conhece o valor de um romance por ter escrito alguns tão notáveis. E aqui estou eu concordando com ele depois de ter lido essas páginas ironicamente divertidas, nada amorais, apesar do paradoxo que tanto seduz o cavalheiro que rouba seus contemporâneos. Certamente eu não daria um prêmio Montyon a este Lupin tão atraente. Mas teríamos coroado Fra Diavolo por sua virtude, a qual que encantou nossas avós na Opéra-Comique, em uma época distante em que os símbolos de *Ariane et Barbe Bleu* não haviam sido inventados?

E eis que ele se apresenta
A pena vermelha em seu chapéu...

Arsène Lupin é um Fra Diavolo armado não com um bacamarte, mas com um revólver, vestido não com uma jaqueta de veludo romântica, mas com um smoking de corte perfeito, e desejo sucesso mais que centenário ao irresistível salteador que M. Auber fez cantar.

Mas o quê! Não há nada a desejar a Arsène Lupin. Ele entrou vivo na popularidade. E a moda que a revista tão bem começou, o livro vai continuar.

Jules Claretie

SUMÁRIO

A PRISÃO DE ARSÈNE LUPIN	17
ARSÈNE LUPIN NA PRISÃO	36
A FUGA DE ARSÈNE LUPIN	63
O VIAJANTE MISTERIOSO	91
O COLAR DA RAINHA	113
O SETE DE COPAS	137
O COFRE DE MADAME IMBERT	185
A PÉROLA NEGRA	201
HERLOCK SHOLMÈS CHEGA TARDE DEMAIS	221

A PRISÃO DE ARSÈNE LUPIN

Que estranha viagem! E tinha começado tão bem! De minha parte, nunca fiz outra que se anunciasse sob auspícios mais felizes. O *Provence* é um transatlântico rápido e confortável, comandado pelo mais simpático dos homens. A mais seleta sociedade se encontrava ali reunida. Relacionamentos se formavam, eventos eram planejados. Tínhamos aquela incrível impressão de estarmos isolados do mundo, limitados a nós mesmos como que em uma ilha desconhecida, obrigados, portanto, a nos aproximarmos.

E estávamos nos aproximando...

Já pensou, alguma vez, no que há de original e imprevisto num grupo de seres que, na véspera, não se conheciam e que, por alguns dias, entre o céu infinito e o mar imenso, viverá a vida mais íntima, desafiando juntos a ira do oceano, o ataque terrível das ondas, a maldade das tempestades e a calmaria da água adormecida?

No fundo, é a própria vida vivida numa espécie de atalho trágico, com suas tempestades e sua grandeza, sua monotonia e sua diversidade, e por isso, talvez, se saboreie a experiência com pressa febril e seja ainda mais intenso esse curto percurso cujo fim se pode ver assim que começa.

Mas, há vários anos, algo contribui de forma singular para as emoções da travessia. A pequena ilha flutuante ainda está ligada a esse mundo do qual pensávamos estar livres. Resta um elo que vai se desfazendo aos poucos no meio do oceano e, aos poucos, no meio do oceano, se restabelece. O telégrafo sem fio! Uma chamada de outro universo, cujas notícias recebemos da forma mais misteriosa possível! A imaginação não tem mais o recurso de vislumbrar fios pelos quais a mensagem invisível desliza. O mistério é ainda mais impenetrável, mais poético também, e para explicar este novo milagre, temos que recorrer às asas do vento.

Assim, nas primeiras horas, sentimos que somos seguidos, escoltados, até precedidos por aquela voz distante que, de vez em quando, sussurrava algumas palavras a um dos presentes. Dois amigos falaram comigo. Outros dez ou vinte enviaram através do espaço suas tristes ou alegres despedidas a todos nós.

Porém, no segundo dia, a oitocentos quilômetros da costa francesa, em uma tarde tempestuosa, chegou pelo telégrafo sem fio a seguinte mensagem:

> *"Arsène Lupin a bordo, primeira classe, cabelos loiros, ferimento no antebraço direito, viajando sozinho com o sobrenome de R..."*

Naquele exato momento, o estrondo violento de um trovão desceu do céu escuro. As ondas elétricas foram interrompidas. Não recebemos o restante da mensagem. Conhecíamos apenas a inicial do sobrenome sob o qual Arsène Lupin se escondia.

Se mais notícias houvessem chegado, não duvido de que o segredo teria sido guardado cuidadosamente pelos funcionários responsáveis pelo telégrafo, pelo comissário do navio e pelo capitão. Esse era um daqueles eventos que parecem exigir a mais rigorosa discrição. No mesmo dia, sem que alguém tivesse ideia de como o assunto fora divulgado, todos sabíamos que o famoso Arsène Lupin se escondia entre nós.

Arsène Lupin entre nós! O ladrão ardiloso cujas façanhas eram contadas há meses em todos os jornais! O personagem enigmático com quem o velho Ganimard, nosso melhor policial, havia se envolvido num duelo de morte, cujas aventuras se desenrolavam de forma tão pitoresca! Arsène Lupin, o excêntrico cavalheiro que só age em castelos e salões, e que, uma noite, depois de entrar na residência do barão Schormann, saiu de mãos vazias e deixou seu cartão, onde escreveu a mensagem: "Arsène Lupin, o ladrão de casaca, voltará quando os móveis forem autênticos". Arsène Lupin, o homem de mil disfarces: já foi motorista, tenor, bookmaker, herdeiro de boa família, adolescente, velho, vendedor de Marselha, médico russo, toureiro espanhol!

De uma coisa sabíamos: Arsène Lupin circulava no cenário relativamente restrito de um transatlântico... o que estou dizendo! Naquele cantinho onde nos encontrávamos a todo o momento, na sala de jantar, na sala de estar, na sala dos fumantes! Arsène Lupin talvez fosse aquele cavalheiro... ou aquele... meu vizinho da mesa... meu companheiro de cabine...

— E isso vai durar mais cinco dias inteiros! — gritou Miss Nelly Underdown no dia seguinte. — É insuportável! Espero que possamos detê-lo. — E falando comigo: — Diga, sr. d'Andrézy, já que tem um bom relacionamento com o comandante, não sabe de nada?

Gostaria de saber alguma coisa para agradar a srta. Nelly! Ela era uma dessas criaturas magníficas que, onde quer que estejam, ocupam imediatamente o lugar de maior destaque. Sua beleza é tão deslumbrante quanto sua fortuna: têm uma corte, devotos, entusiastas.

Criada em Paris pela mãe francesa, ela ia encontrar o pai, o rico Underdown de Chicago. Uma de suas amigas, Lady Jerland, a acompanhava.

Desde a primeira hora, tentei flertar com ela. Mas, na rápida intimidade da viagem, seu charme imediatamente me perturbou, e me senti um pouco emocionado demais para flertar quando seus grandes olhos negros encontraram os meus. No entanto, ela recebia minha atenção com algum interesse. Ria de minhas piadas e se interessava por minhas anedotas. Uma vaga simpatia parecia responder à minha ansiedade por ela.

Apenas um rival me preocupava, um rapaz muito bonito, elegante, reservado, cujo humor taciturno ela às vezes parecia preferir aos meus modos mais "extrovertidos demais" para o normal de Paris.

Ele fazia parte do grupo de admiradores que cercava a srta. Nelly quando ela me interrogou. Estávamos no convés, sentados em cadeiras de balanço. A tempestade do dia anterior havia clareado o céu. Era um momento delicioso do dia.

— Não sei nada específico, mademoiselle — respondi —, mas é impossível conduzirmos nos meses uma investigação com a mesma eficiência que teria o velho Ganimard, inimigo pessoal de Arsène Lupin?

— Ora! Isso seria ir longe demais!

— Por quê? O problema é tão complicado assim?

— Muito complicado.

— Diz isso, porque esquece os elementos que temos à disposição.

— Que elementos?

— Primeiro, Lupin se autodenomina senhor R...

— Muito vago.

— Segundo, ele viaja sozinho.

— Se acha que esse recurso é suficiente!

— Terceiro, ele é loiro.

— E daí?

— Com esses dados, só precisamos consultar a lista de passageiros e decidir por eliminação.

Eu tinha essa lista no bolso. Peguei o papel e fui deslizando o dedo por ele.

— A primeira coisa que noto é que há apenas treze pessoas cujo sobrenome começa com essa inicial.

— Só treze?

— Na primeira classe, sim. Desses treze senhores R., como se pode ver, nove viajam acompanhados por mulheres, crianças ou criados. Restam quatro personagens solitários: o Marquês de Raverdan...

— Secretário da Embaixada — interrompeu a srta. Nelly. — Eu o conheço.
— Major Rawson...
— É meu tio — alguém disse.
— Sr. Rivolta...
— Aqui — gritou alguém do grupo, um italiano cujo rosto desaparecia sob uma barba negra.
A srta. Nelly começou a rir.
— O senhor não é exatamente loiro.
— Portanto — continuei —, somos levados a concluir que o culpado é o último da lista.
— A quem se refere?
— Refiro-me ao sr. Rozaine. Alguém conhece o sr. Rozaine?

Ficamos em silêncio. Mas a srta. Nelly chamou o jovem taciturno, de quem sua proximidade me atormentava, e disse:
— Então, sr. Rozaine, não vai responder?
Olhamos para ele. Ele era loiro.
Admito, fiquei um pouco chocado. E o silêncio constrangedor que pesava sobre nós me dizia que os outros presentes também sofriam esse tipo de reação. Além do mais, era absurdo, porque nada no comportamento desse cavalheiro justificava que suspeitássemos dele.
— Por que não respondo? — disse ele. — Ora, porque em vista do meu nome, da minha condição de viajante solteiro e da cor do meu cabelo, me fiz a mesma pergunta e cheguei ao mesmo resultado. Portanto, digo que devem me prender.

Ele assumiu uma expressão estranha ao dizer essas palavras. Seus lábios, finos como dois traços inflexíveis, se comprimiram e perderam a cor. Veias vermelhas surgiram nos olhos.

Certamente estava brincando. No entanto, sua fisionomia e a atitude nos impressionaram. A srta. Nelly perguntou ingênua:

— Mas e o ferimento?

— É verdade — disse ele —, falta o ferimento.

Nervoso, ele ergueu a manga e exibiu o braço. Mas imediatamente uma ideia me ocorreu. Olhei para a srta. Nelly: ele havia mostrado o braço esquerdo.

E, por Deus, eu ia anunciar essa observação, quando um incidente desviou nossa atenção. Lady Jerland, amiga da srta. Nelly, se aproximou correndo.

Ela estava nervosa. As pessoas se aglomeraram ao seu redor, e só depois de muito esforço ela conseguiu gaguejar:

— Minhas joias, minhas pérolas! Levaram tudo!

Não, não tinham levado tudo, como soubemos depois. Algo muito mais curioso aconteceu: tinham escolhido!

Removeram da estrela de diamante, do pingente de cabochão de rubi, dos colares e pulseiras não as pedras maiores, mas as melhores, as mais preciosas, aquelas que tinham mais valor e ocupavam menos espaço. As peças sem as pedras ficaram em cima da mesa. Eu as vi, todos nós as vimos, despojadas de suas pedras preciosas como flores cujas belas pétalas brilhantes e coloridas haviam sido arrancadas.

E para realizar esse trabalho, foi necessário, enquanto Lady Jerland estava tomando chá, foi necessário, em plena luz do dia e em um corredor movimentado, arrombar a porta da cabine, encontrar uma pequena bolsa escondida propositalmente no fundo de uma caixa de chapéu, abri-la e escolher o que levar!

Havia apenas uma opinião entre nós. Só uma opinião entre todos os passageiros quando o roubo se tornou conhecido: fora Arsène Lupin. E de fato, tudo fora feito do seu jeito complicado, misterioso, inconcebível... e lógico, porém, porque se era difícil esconder o volume incômodo que teria resultado de todas as joias, menor seria a dificuldade com as pedras pequenas, as pérolas, esmeraldas e safiras.

E no jantar, isto aconteceu: à direita e à esquerda de Rozaine, as duas cadeiras permaneceram vazias. E à noite, soubemos que ele havia sido convocado pelo comandante.

Sua detenção, que ninguém questionou, foi um verdadeiro alívio. Finalmente estávamos respirando. Naquela noite, fizemos joguinhos. Dançamos. A srta. Nelly, principalmente, exibia uma alegria vertiginosa que me fez ver que, se a atenção de Rozaine era aceitável no início, agora, mal se lembrava dela. Sua graça me conquistou. Por volta da meia-noite, à serena luz da lua, declarei a ela minha devoção com uma emoção que não pareceu incomodá-la.

Mas no dia seguinte, para espanto de todos, soubemos que as acusações não eram suficientes, e Rozaine estava livre.

Filho de um importante comerciante de Bordeaux, ele mostrou documentos perfeitamente válidos. Além disso, não havia em seus braços nenhum ferimento.

— Documentos! Certidão de nascimento! — protestaram os acusadores de Rozaine. — Arsène Lupin mostrará quantos você quiser! E quanto ao ferimento, ou nunca existiu... ou ele apagou as marcas!

Argumentaram que, na hora do roubo, Rozaine passeava no convés, o que foi comprovado. A que os acusadores responderam:

— Um homem do calibre de Arsène Lupin precisa estar presente ao roubo que comete?

E mais, além de qualquer consideração, havia um ponto que a maioria dos céticos não conseguia explicar: quem, exceto Rozaine, viajava sozinho, era loiro e tinha um sobrenome começando com R? Quem a mensagem de telégrafo descrevia, senão Rozaine?

E quando, alguns minutos antes do almoço, Rozaine se aproximou, corajoso, do nosso grupo, a srta. Nelly e Lady Jerland se levantaram e foram embora.

Na verdade, estavam com medo.

Uma hora depois, uma circular manuscrita passou de mão em mão entre os funcionários, marinheiros e passageiros de todas as classes do navio: Sr. Louis Rozaine prometia uma soma de dez mil francos a quem desmascarasse Arsène Lupin ou encontrasse o autor do roubo das pedras no navio.

— E se ninguém vier em meu socorro contra esse bandido — declarou Rozaine ao comandante —, eu mesmo resolverei o assunto com ele.

Rozaine contra Arsène Lupin, ou melhor, para repetir a expressão que foi usada, o próprio Arsène Lupin contra Arsène Lupin, a luta despertava interesse!

Durou dois dias. Rozaine foi visto vagando de um lado para o outro, circulando entre a tripulação, interrogando, investigando. À noite, víamos sua sombra à espreita.

De sua parte, o comandante se desdobrava em energia e atividade. De cima a baixo, em cada canto, o *Provence* foi verificado. Todas as cabines foram revistadas, sem exceção, sob o pretexto muito correto de que os objetos podiam estar escondidos em qualquer lugar, menos nos aposentos do culpado.

— Vamos descobrir alguma coisa em algum momento, não é? — A srta. Nelly me perguntou. — Não importa o quanto ele é capaz de fazer magia, não pode tornar diamantes e pérolas invisíveis.

— Sim — respondi —, ou teríamos que examinar o forro de nossos chapéus, dos casacos e de tudo que vestimos. — E mostrei a ela minha câmera, uma Kodak 9 X 12 com a qual não me cansava de fotografá-la nas mais diversas atitudes. — Em um dispositivo deste tamanho, há espaço suficiente para todas as joias de Lady Jerland. Fingimos tirar fotos e pronto.

— Mas ouvi dizer que não há ladrão que não deixe alguma pista atrás de si.

— Tem um: Arsène Lupin.

— Por quê?

— Por quê? Porque ele não pensa apenas no roubo que comete, mas em todas as circunstâncias que podem denunciá-lo.

— No começo você estava mais confiante.
— Mas depois o vi em ação.
— Então, o que acha?
— Na minha opinião, estamos perdendo tempo.

E de fato, as investigações não deram em nada, ou pelo menos, em nada que correspondesse ao esforço geral: o relógio do comandante fora roubado.

Furioso, ele redobrou sua dedicação e ficou de olho em Rozaine, com quem teve várias conversas. No dia seguinte, de maneira charmosa e irônica, o relógio foi encontrado entre os colarinhos postiços do imediato.

Tudo isso tinha ares de prodígio e denunciava o jeito debochado de Arsène Lupin, ladrão, sim, mas entusiasta também. Ele trabalhava por gosto e vocação, é claro, mas também por diversão. Dava a impressão de um cavalheiro que se diverte com o que faz e, nos bastidores, ri muito das piadas e situações que imaginou.

Decididamente, ele era um artista em sua área, e quando observei Rozaine, sombrio e obstinado, e pensei no papel duplo que aquele curioso personagem sem dúvida desempenhava, não consegui evitar certa admiração ao falar sobre o assunto ou a respeito.

Porém, na penúltima noite, o oficial de guarda ouviu gemidos na parte mais escura do convés. Ele se aproximou. Um homem estava caído ali, com a cabeça enrolada em um lenço cinza muito grosso, os pulsos amarrados com uma corda fina.

Ele foi libertado de suas amarras. Foi atendido e recebeu cuidados.

Esse homem era Rozaine.

Rozaine fora atacado durante uma de suas expedições, fora dominado e roubado. Um cartão de visita preso às suas roupas por um alfinete tinha as seguintes palavras: "Arsène Lupin aceita com gratidão os dez mil francos de M. Rozaine".

Na verdade, a carteira roubada continha vinte mil.

Naturalmente, o infeliz foi acusado de ter simulado esse ataque contra si mesmo. Mas, além do fato de que teria sido impossível para ele se amarrar daquela maneira, foi estabelecido que a caligrafia da carta era absolutamente diferente da letra de Rozaine, e parecia, no entanto, pelo contrário, com a de Arsène Lupin, reproduzida em um antigo jornal encontrado a bordo.

Então Rozaine deixou de ser Arsène Lupin. Rozaine era Rozaine, filho de um comerciante de Bordeaux! E a presença de Arsène Lupin se confirmou mais uma vez, e que ato formidável!

Foi assustador. Não ousávamos mais ficar sozinhos na cabine, nem nos aventurávamos sem companhia em lugares muito afastados. Cautelosos, formávamos grupos de pessoas que confiavam umas nas outras. E, novamente, uma desconfiança instintiva dividia os mais íntimos. Isso porque a ameaça não partiu de um indivíduo isolado, vigiado e, portanto, menos perigoso. Arsène Lupin agora era... era todo mundo. Nossa imaginação exacerbada atribuía a ele um poder miraculoso e ilimitado. Devia ser capaz de se disfarçar dos personagens mais inesperados, de ser o respeitável Major Rawson, ou o nobre Marquês de Raverdan, qualquer um, porque não parávamos mais na acusação inicial, podia ser esta ou aquela pessoa conhecida por todos, com esposa, filhos, criados.

As primeiras mensagens do telégrafo não trouxeram notícias. Nada que o comandante nos informasse, pelo menos, e esse silêncio não nos deixava mais tranquilos.

Portanto, o último dia parecia interminável. Vivíamos na expectativa ansiosa de algum infortúnio. Dessa vez, não seria mais um roubo, não seria mais um simples assalto, seria crime, assassinato. Arsène Lupin não se limitaria a esses dois roubos insignificantes. No controle absoluto do navio, com as autoridades reduzidas à impotência, ele só precisava querer, tudo era permitido, ele dispunha dos bens e das vidas.

Foram horas deliciosas para mim, admito, pois ganhei a confiança da srta. Nelly. Impressionada com tantos acontecimentos, de uma natureza já inquieta, ela procurou espontaneamente proteção ao meu lado, uma segurança que tive o prazer de oferecer.

Basicamente, eu estava abençoando Arsène Lupin. Não foi ele quem nos reuniu? Não era graças a ele que eu tinha o direito de ter os sonhos mais doces? Sonhos de amor e sonhos menos românticos, por que não reconhecer? Os Andrézys são de uma boa linhagem de Poitou, mas seu brasão está um tanto encoberto, fosco, e não me parece indigno de um cavalheiro pensar em devolver o brilho perdido ao nome da família.

E esses sonhos, eu sentia, não ofendiam Nelly. Seus olhos sorridentes me permitiam sonhar. A suavidade de sua voz me dizia para ter esperança.

E até o último momento, ficamos perto um do outro, apoiados na amurada, enquanto a costa americana se desenhava diante de nós.

As buscas foram interrompidas. Estávamos esperando. Da primeira classe ao convés cheio de emigrantes, esperávamos o último minuto, quando o enigma insolúvel finalmente seria explicado. Quem era Arsène Lupin? Sob que nome, sob que máscara o famoso Arsène Lupin tinha se escondido?

O minuto supremo chegara. Mesmo que eu viva cem anos, não esquecerei o menor detalhe.

— Como você está pálida, srta. Nelly — disse eu à minha companheira, que se apoiava em meu braço quase sem forças.

— E você! — ela respondeu. — Ah! Você está tão mudado!

— Pense nisso! Este é um momento emocionante, e estou muito feliz por vivê-lo com você, srta. Nelly. Às vezes, tenho a impressão de que a lembrança vai durar...

Ofegante e agitada, ela não me ouvia. A passarela desceu. Mas antes que fôssemos liberados para desembarcar, pessoas embarcaram, funcionários da alfândega, homens de uniforme, mensageiros.

A srta. Nelly gaguejou:

— Se dissessem que Arsène Lupin escapou durante a travessia, eu não ficaria surpresa.

— Talvez ele preferisse a morte à desonra, e mergulhou no Atlântico antes de ser preso.

— Não ria — ela disse, irritada.

De repente, fiquei agitado e, como ela estranhou, eu disse:

— Está vendo aquele homenzinho parado no final da passarela?

— Com um guarda-chuva e um sobretudo verde-oliva?

— É Ganimard.

— Ganimard?

— Sim, o famoso policial, aquele que jurou prender Arsène Lupin com as próprias mãos. Ah! Agora entendo por que não tínhamos nenhuma informação deste lado do oceano. Ganimard estava aqui! E ele prefere que ninguém se meta em seus assuntos.

— Então, Arsène Lupin certamente será pego?

— Quem sabe? Ganimard nunca o viu, ao que parece, exceto disfarçado. A menos que saiba que nome ele está usando...

— Ah! — disse ela com aquela curiosidade um tanto cruel de mulher. — Se eu pudesse assistir à prisão!

— Vamos ter que ser pacientes. Certamente, Arsène Lupin já percebeu a presença de seu inimigo. Vai preferir sair entre os últimos, quando os olhos do velho estiverem cansados.

O desembarque começou. Apoiado em seu guarda-chuva, afetando indiferença, Ganimard não parecia estar prestando atenção à multidão que se aglomerava entre as duas balaustradas. Percebi que um oficial de bordo, parado atrás dele, dava-lhe informações de vez em quando.

Passaram o marquês de Raverdan, o major Rawson, o italiano Rivolta, e outros, e muitos outros... E vi Rozaine se aproximando.

Pobre Rozaine! Não parecia recuperado de suas desventuras!

— Talvez seja assim mesmo — disse a srta. Nelly. — O que você acha?

Acho que seria muito interessante ter Ganimard e Rozaine na mesma fotografia. Pegue minha câmera, estou carregando muitas coisas.

Entreguei a câmera a ela, mas era tarde demais para que a usasse. Rozaine estava passando. O oficial cochichou alguma coisa no ouvido de Ganimard, que deu de ombros, e Rozaine passou.

Mas então, meu Deus, quem era Arsène Lupin?

— Sim — ela disse em voz alta —, quem é?

Restavam apenas umas vinte pessoas. Ela as observava com uma mistura de medo e confusão, temendo que ele não fosse uma daquelas vinte pessoas.

Eu disse a ela:

— Não podemos esperar mais.

Ela deu um passo à frente. Eu a segui. Mas não tínhamos dado nem dez passos quando Ganimard apareceu em nosso caminho.

— Qual é o problema? — perguntei.

— Um momento, senhor, por que a pressa?

— Estou acompanhando mademoiselle.

— Espere — ele repetiu em um tom mais autoritário. Olhando para mim, disse enquanto me encarava:

— Arsène Lupin, não é?

Eu comecei a rir.

— Não, Bernard d'Andrézy, simplesmente.

— Bernard d'Andrézy morreu há três anos na Macedônia.

— Se Bernard d'Andrézy tivesse morrido, eu não estaria mais neste mundo. E não morreu. Aqui estão meus documentos.

— Os documentos são dele. Como os conseguiu? Isso é que terei o maior prazer em descobrir.

— Mas você está louco! Arsène Lupin embarcou com o sobrenome de R...

— Sim, mais uma obra sua, uma pista falsa que você plantou. Ah! Você é muito ardiloso, meu camarada. Mas, desta vez, a sorte mudou. Vamos, Lupin, seja um bom perdedor.

Hesitei por um segundo. De repente, ele bateu no meu antebraço direito. Gritei de dor. Ele bateu no ferimento ainda mal cicatrizado de que falava o telegrama.

Tive que me conformar. Olhei para a srta. Nelly. Ela ouvia tudo pálida, cambaleante.

Seu olhar encontrou o meu, depois caiu sobre a câmera que eu tinha dado a ela. Nelly fez um gesto repentino, e tive a impressão, tive certeza de que, de repente, ela entendia tudo. Sim, estavam lá, entre as paredes estreitas da câmara, no oco do pequeno objeto que eu tomara a precaução de colocar em suas mãos antes de Ganimard me abordar, era lá que estavam os vinte mil francos de Rozaine, as pérolas e os diamantes de Lady Jerland.

Ah! Juro, no momento solene em que Ganimard e dois de seus subordinados me cercaram, tudo era indiferente para mim, a prisão, a hostilidade do povo, tudo, menos uma coisa: a decisão que a srta. Nelly tomaria a respeito do que eu lhe havia confidenciado.

Que eles tivessem contra mim essa prova material e decisiva era algo que eu não temia nem em sonhos, mas e se a srta. Nelly decidisse fornecê-la?

Eu seria traído por ela? Estava perdido? Ela agiria como uma inimiga que não perdoa, ou como uma mulher que tem lembranças e cujo desprezo é suavizado por um pouco de indulgência, um pouco de simpatia involuntária?

Ela passou por mim, eu a cumprimentei sem dizer nada, nem uma palavra. Misturando-se aos outros viajantes, ela caminhou em direção à passarela com minha câmera na mão.

Sem dúvida, pensei, ela não ousaria, não em público. Vai esperar uma hora, algum momento.

Mas, ao chegar no meio da passarela, com um movimento de falsa surpresa, ela a deixou cair na água, entre a parede do cais e a lateral do navio.

E, então, eu a vi ir embora.

Sua linda figura se perdeu na multidão, apareceu novamente e desapareceu. Acabou, acabou para sempre.

Por um momento, fiquei imóvel, triste e, ao mesmo tempo, tomado por uma suave ternura, depois suspirei, para grande espanto de Ganimard:

— Chego a lamentar não ser um homem honesto...

Foi assim que, em uma noite de inverno, Arsène Lupin me contou a história de sua prisão. A sequência de incidentes cuja história um dia escreverei criou laços entre nós... devo chamar de amizade? Sim, atrevo-me a acreditar que Arsène Lupin me honra com alguma amizade, e que é por amizade que ele, às vezes, chega inesperadamente à minha casa, trazendo ao silêncio do meu escritório sua alegria juvenil, o esplendor de sua vida cheia de paixão, seu bom humor de homem para quem o destino nada mais é que favores e sorrisos.

Descrevê-lo? Como eu poderia? Vi Arsène Lupin vinte vezes, e vinte vezes um ser diferente apareceu para mim... ou melhor, o mesmo ser do qual vinte espelhos teriam me devolvido muitas imagens distorcidas, cada uma com seus olhos particulares, seu formato especial de corpo, seus gestos próprios, sua silhueta e seu caráter.

— Eu mesmo não sei bem quem sou — disse-me ele. — No espelho, não me reconheço mais.

Divertido, certamente, e paradoxal, mas verdadeiro com quem o conhece e ignora seus infinitos recursos, sua paciência, sua arte de maquiador, a prodigiosa habilidade de transformar até as proporções do rosto e alterar até a relação entre suas características.

— Por que eu me definiria? — ele insistiu. — Por que não evitar o perigo de uma personalidade sempre idêntica? Minhas ações me designam suficientemente.

E ele determinou com um toque de orgulho:

— Tanto melhor se nunca puderem dizer com certeza: aqui está Arsène Lupin. O principal é que digam sem medo de errar: Arsène Lupin fez isso.

Estes são alguns dos atos, algumas aventuras que procuro reconstituir, segundo as confidências com as quais ele teve a bondade de me favorecer em algumas noites de inverno, no silêncio do meu gabinete particular de trabalho...

ARSÈNE LUPIN NA PRISÃO

Não há turista que se preze que não conheça as margens do Sena, e que não tenha notado, ao caminhar das ruínas de Jumièges às ruínas de Saint-Wandrille, o estranho e pequeno castelo feudal dos Malaquis, orgulhosamente empoleirado em sua rocha no meio do rio. Uma ponte o conecta à estrada. A base das suas torres escuras se mistura ao granito que a sustenta, um enorme bloco destacado de alguma montanha desconhecida e ali arremessado por alguma convulsão formidável. Por toda parte, as águas calmas do grande rio brincam entre os juncos, e aves agitadas se sacodem na crista úmida dos seixos.

A história do Malaquis é tão dura quanto seu nome, grosseira como sua silhueta. Foram apenas batalhas, cercos, assaltos, saques e massacres. Nas vigílias do território de Caux, as pessoas lembram com tremores os crimes que ali foram cometidos. Lendas misteriosas são contadas. Estamos falando da famosa passagem subterrânea que outrora conduzia à Abadia de Jumièges e ao solar de Agnès Sorel, a bela amiga de Carlos VII.

Nesse antigo covil de heróis e salteadores vive o barão Nathan Cahorn, barão Satã, como já foi chamado na Bolsa de Valores, onde ficou rico um pouco repentinamente. Os senhores de Malaquis, arruinados, tiveram que vender para ele a casa que pertenceu a seus ancestrais por um pedaço de pão. Lá ele instalou suas admiráveis coleções de móveis e pinturas, faiança e madeira entalhada. Ele mora sozinho, com três velhos criados. Ninguém nunca o visita. Ninguém jamais viu a decoração dos cômodos antigos, os três Rubens que ele possui, seus dois Watteaus, sua cadeira Jean Goujon e tantas outras maravilhas obtidas em troca de promissórias dos mais ricos frequentadores das vias públicas.

O barão Satã tem medo. Ele não teme por si mesmo, mas pelos tesouros acumulados com paixão tenaz e a perspicácia de um amador que o mais dedicado marchand não pode se orgulhar de ter induzido ao erro. Ele ama suas bugigangas. Ele as ama com amargura, como um avarento; com ciúme, como um amante.

Todos os dias, ao pôr do sol, as quatro portas de ferro que controlam as duas extremidades da ponte e a entrada do pátio principal são fechadas e trancadas. Ao menor contato, alarmes elétricos interrompem o silêncio. Do lado do Sena, nada a temer: a rocha é um paredão reto.

No entanto, numa sexta-feira de setembro, o carteiro se apresentou como de costume na cabeça de ponte. E, de acordo com a regra rotineira, era o barão quem entreabria o pesado ferrolho.

Ele examinou o homem minuciosamente, como se já não o conhecesse há anos, aquele rosto bom e alegre e aquele sorriso de camponês, e o homem disse, rindo:

— Ainda sou eu, senhor barão. Não é ninguém que roubou minha blusa e meu boné.

— Nunca se sabe — sussurrou Cahorn.

O carteiro entregou uma pilha de jornais. Depois acrescentou:

— E agora, senhor barão, a novidade.

— Novidade?

— Uma carta... e é registrada.

Isolado, sem um amigo ou qualquer pessoa que se interessasse por ele, o barão nunca recebeu uma carta, e imediatamente aquilo pareceu um mau presságio que o preocupou. Quem seria esse misterioso correspondente que ia reanimá-lo em seu retiro?

— Precisa assinar, senhor barão.

Ele assinou resmungando. Em seguida, pegou a carta, esperou até que o carteiro desaparecesse na curva da estrada e, depois de dar alguns passos para cima e para baixo, encostou-se no parapeito da ponte e abriu o envelope. Dentro dele havia uma folha de papel quadriculado com este título escrito à mão: Prison de la Santé, Paris. Olhou para a assinatura: *Arsène Lupin*. Atordoado, ele leu:

"Senhor barão:
"Há na galeria que une seus dois salões um quadro de Philippe de Champaigne que é muito bem feito e me agrada infinitamente. Seu Rubens também é do meu gosto, assim como seu Watteau menor. Na sala à direita, noto o aparador Luís XIII, as tapeçarias de Beauvais, a mesa de

pedestal Império assinada por Jacob e o aparador renascentista. Na da esquerda, toda a vitrine de joias e miniaturas.

"*Por enquanto, ficarei satisfeito com esses objetos que serão, acredito, fáceis de transportar. Portanto, peço que os embale adequadamente e os envie em meu nome (frete pago) para a estação de Batignolles dentro de oito dias... caso contrário, eu mesmo os removerei na noite de quarta-feira, 27 de setembro, para quinta-feira, 28. E, é claro, não ficarei satisfeito apenas com os objetos mencionados acima.*

"*Desculpo-me pelo pequeno aborrecimento que lhe causo e peço que aceite a expressão dos meus sentimentos de respeitosa consideração.*

"*ARSÈNE LUPIN.*"

"*P.S. — Não mande o Watteau maior. Apesar de ter pagado trinta mil francos por ele ao Hôtel de Ventes, é só uma cópia; o original foi queimado sob o Diretório por Barras em uma noite de orgia. Consulte o inédito Mémoirs de Garat.*

"*Também não ligo para a corrente Luís XV, cuja autenticidade me parece duvidosa.*"

Essa carta perturbou o barão Cahorn. Assinada por qualquer outro já o teria alarmado muito, mas assinada por Arsène Lupin!

Leitor assíduo de jornais, atento a tudo que acontecia no mundo em matéria de furto e crime, tinha plena consciência das façanhas do ladrão infernal. Claro, sabia que Lupin, preso na América por seu inimigo Ganimard, estava, de fato, preso, que o processo estava em andamento — com que dificuldade!

Mas também sabia que tudo se podia esperar dele. Além disso, esse conhecimento exato do castelo, da disposição das pinturas e dos móveis, era uma pista formidável. Quem havia contado a ele coisas que ninguém viu?

O barão levantou a cabeça e contemplou a silhueta feroz do Malaquis, seu pedestal íngreme, as águas profundas que o cercavam, e deu de ombros. Não, definitivamente não havia perigo. Ninguém no mundo poderia invadir o santuário inviolável de suas coleções.

Ninguém, certo, mas Arsène Lupin? Existem portas, pontes levadiças e paredes para Arsène Lupin? Para que serviriam os obstáculos mais bem imaginados, as precauções mais hábeis, se Arsène Lupin decidisse atingir esse ou aquele objetivo?

Naquela mesma noite, ele escreveu ao promotor público em Rouen, enviou a carta ameaçadora no mesmo envelope e pediu ajuda e proteção.

A resposta não demorou a chegar: o citado Arsène Lupin estava atualmente detido na Santé, vigiado de perto e sem poder escrever, portanto, a carta só poderia ser obra de algum debochado. Tudo apontava nessa direção, lógica e bom senso, bem como a realidade dos fatos. No entanto, e por precaução, um perito foi designado para examinar a caligrafia, e o perito declarou que, apesar de algumas semelhanças, essa letra não era a do detento.

"Apesar de algumas semelhanças". O barão reteve apenas essas palavras terríveis, nas quais via a confissão de uma dúvida que, por si só, deveria bastar para que a justiça interviesse. Seus temores aumentaram. Ele continuou relendo a carta. "Eu mesmo mandarei fazer a remoção." E essa data precisa: a noite de quarta-feira, 27, para quinta-feira, 28 de setembro...

Desconfiado e taciturno, não ousava confiar nos empregados, cuja lealdade não considerava imune a todas as provações. No entanto, pela primeira vez em anos, sentiu a necessidade de falar, de procurar algum conselho. Abandonado pela justiça de seu país, ele não esperava mais se defender com os próprios recursos, e estava a ponto de ir a Paris implorar a ajuda de um ex-policial.

Dois dias se passaram. No terceiro, ao ler os jornais, ele vibrou de alegria. *Le Réveil* de Caudebec publicou este artigo:

> "*É uma satisfação ter dentro de nossos limites há quase três semanas o inspetor Ganimard, um dos veteranos da chefatura de Polícia. O sr. Ganimard, a quem a prisão de Arsène Lupin, seu mais recente feito, conferiu reputação na Europa, está descansando de seu longo esforço, perseguindo salmões e trutas.*"

Ganimard! Era essa a ajuda que o barão Cahorn estava procurando! Quem melhor do que o tortuoso e paciente Ganimard para frustrar os planos de Lupin?

O barão não hesitou. Seis quilômetros separam o castelo da pequena cidade de Caudebec. Ele os atravessa com passos animados, como um homem muito empolgado com a esperança da salvação.

Depois de várias tentativas infrutíferas de descobrir o endereço do inspetor, dirigiu-se aos escritórios do *Revival*, que ficavam na frente do píer. Lá ele encontrou o editor do artigo que, aproximando-se da janela, exclamou:

— Ganimard? Mas com certeza você o encontrará ao longo do cais, com a vara de pescar na mão. Foi lá que nos conhecemos e onde acidentalmente li seu nome gravado na vara de pescar. Ali está, daqui você pode ver o velhinho sob as árvores no passeio.

— De sobretudo e chapéu de palha?

— Exatamente! Ah! É um sujeito engraçado, pouco falante e bastante rude.

Cinco minutos depois, o barão se aproximou do famoso Ganimard, se apresentou e tentou começar uma conversa. Sem sucesso, abordou a questão com franqueza e explicou seu caso.

O outro ouviu imóvel, sem perder de vista os peixes que observava, depois virou a cabeça em sua direção, olhou-o de cima a baixo com ar de profunda pena, e disse:

— Senhor, não é costume avisar as pessoas que se quer roubar. Arsène Lupin, em particular, não comete esses erros.

— Mas...

— Senhor, se eu tivesse a menor dúvida, acredite que o prazer de colocar esse querido Lupin dentro da cadeia de novo superaria qualquer outra consideração. Infelizmente, esse rapaz já está atrás das grades.

— Se ele fugir?

— Não há como fugir da Santé.

— Mas ele...

— Nem ele, nem qualquer outra pessoa.

— Mas...

— Bem, se escapar, melhor ainda, eu o pego de novo. Até lá, durma profundamente e não assuste mais esse salmão.

A conversa acabou. O barão voltou para casa um pouco mais tranquilo, depois de ver a despreocupação de Ganimard. Verificou as fechaduras, espiou os empregados, e mais quarenta e oito horas passaram, durante as quais ele quase se convenceu de que, no geral, seus temores eram infundados. Não, definitivamente, como Ganimard havia dito, não avisamos as pessoas que queremos roubar.

A data estava se aproximando. Terça de manhã, véspera do dia 27, nada de especial. Mas, às três horas, um menino apareceu. Trazia um telegrama.

"Não há pacotes na estação Batignolles. Prepare tudo para amanhã à noite.

"ARSÈNE."

Mais uma vez, o pânico o dominou a ponto de se perguntar se não cederia às exigências de Arsène Lupin.

O barão correu para Caudebec. Ganimard estava pescando no mesmo lugar, sentado em uma cadeira dobrável. Sem dizer sequer uma palavra, ele o telegrama ao inspetor.

— E daí? — perguntou o policial.
— E daí? Mas é amanhã!
— O quê?
— O roubo! O saque de minhas coleções!

Ganimard baixou a vara de pescar, virou-se para ele e, com os braços cruzados sobre o peito, gritou, impaciente:

— Ah! Você imagina que vou cuidar de uma história tão estúpida!
— Quanto quer para passar a noite de 27 para 28 de setembro no castelo?
— Nem um centavo, me deixe em paz.
— Faça seu preço, eu sou rico, extremamente rico.

A brutalidade da oferta desconcertou Ganimard, que continuou mais calmo:

— Estou aqui de licença e não tenho o direito de me intrometer...
— Ninguém vai saber. Prometo, aconteça o que acontecer, vou permanecer calado.
— Oh! Não vai acontecer nada.
— Bem, vamos lá, três mil francos, isso é o suficiente?

O inspetor inalou um rapé, refletiu e disse:

— É. Mas, honestamente, devo dizer que é dinheiro jogado pela janela.
— Não me importo.

— Nesse caso... E afinal, nunca se pode ter certeza, com aquele demônio do Lupin! Ele deve ter uma gangue inteira sob seu comando... Confia em seus empregados?

— Bem que eu queria...

— Então, não vamos contar com eles. Vou mandar um telegrama chamando dois companheiros meus que vão nos dar mais segurança... Agora vá embora, para que não nos vejam juntos. Vejo você amanhã, por volta das nove horas.

☙❧

No dia seguinte, data marcada por Arsène Lupin, o barão Cahorn pegou seu arsenal, verificou as armas e deu uma volta em torno de Malaquis. Não viu nada de diferente.

À noite, às oito e meia, dispensou os criados. Eles moravam em uma ala em frente à estrada, mas um pouco recuada, no fundo do castelo. Uma vez sozinho, ele lentamente abriu as quatro portas. Depois de um tempo, ouviu passos se aproximando.

Ganimard apresentou seus dois auxiliares, homens altos e robustos, com pescoços de touro e mãos poderosas, e pediu algumas informações. Depois de estudar a disposição das instalações, ele cuidadosamente fechou com barricadas todas as passagens pelas quais alguém poderia entrar nas salas ameaçadas. Inspecionou as paredes, olhou atrás das tapeçarias e, finalmente, instalou seus agentes na galeria central.

— Não façam nenhuma bobagem, hein? Não estamos aqui para dormir. Ao menor sinal de alarme, abram as janelas do pátio e me chamem. Tenham cuidado também com o lado da água. Dez metros de falésias retas não amedrontam demônios do calibre desse homem. — Ele os trancou, pegou as chaves e disse ao barão: — E agora, ao nosso posto.

Ele escolheu, para passar a noite, um pequeno cômodo circular entre os dois portões principais, um lugar que antes havia sido a guarita do vigia. Tinha um visor voltado para a ponte, outro para o pátio. Em um canto, era possível ver algo parecido com a abertura de um poço.

— Você me disse, senhor barão, que este poço era a única entrada para as passagens subterrâneas e que, desde que se tem lembrança, está bloqueado?

— Sim.

— Então, a menos que haja outra via ignorada por todos, exceto Arsène Lupin, o que seria um pouco problemático, estamos bem.

Ele enfileirou três cadeiras, espreguiçou-se confortavelmente, acendeu o cachimbo e suspirou:

— Realmente, senhor barão, só a grande vontade de acrescentar um andar à casinha onde pretendo terminar meus dias me faz aceitar uma tarefa tão elementar. Vou contar a história para o amigo Lupin, ele vai se dobrar de tanto rir.

O barão não estava rindo. Com o ouvido atento, questionava o silêncio com crescente preocupação. De vez em quando, se inclinava sobre o poço e olhava ansioso para o buraco aberto.

Onze horas, meia-noite, uma hora.

De repente, ele agarrou o braço de Ganimard, que acordou assustado.

— Ouviu isso?

— Sim.

— O que foi?

— Sou eu roncando!

— Não, escute...

— Ah! Perfeitamente, é o barulho de um automóvel.

— Vamos fazer alguma coisa?

— Bem, é improvável que Lupin use um automóvel como ferramenta para demolir seu castelo. Portanto, senhor barão, em seu lugar, eu dormiria... como terei a honra de fazer novamente. Boa noite.

Fora o único alerta. Ganimard fora capaz de retomar sua soneca interrompida, e o barão ficou ouvindo apenas seu ronco alto e regular.

Ao amanhecer, eles deixaram a cela. Uma grande e serena paz, a paz da manhã à beira da água fresca, envolvia o castelo. Cahorn estava radiante de alegria, Ganimard permanecia em paz, e eles subiram as escadas. Nenhum barulho. Nada suspeito.

— O que eu disse, senhor barão? Basicamente, eu não deveria ter aceitado... Estou com vergonha...

Ele pegou as chaves e abriu a galeria.

Em duas cadeiras, os oficiais dormiam curvados, com os braços pendurados.

— Pelo nome do cão! — grunhiu o inspetor.

No mesmo momento, o barão deu um grito:

— As pinturas! O aparador!

Ele gaguejava sufocado, com a mão estendida para os lugares vazios, para as paredes nuas onde pregos salientes ainda sustentavam barbantes inúteis. O Watteau foi embora! O Rubens, raptado! As tapeçarias, despenduradas! As vitrines, esvaziadas de suas joias! E o meu candelabro Luís XVI! E o candelabro do regente! E minha Virgem do século XII!

Ele corria de um lado para o outro, perplexo, desesperado. Lembrava os preços de compra, somava as perdas sofridas, valores acumulados, tudo isso embaralhado em palavras indistintas, em frases inacabadas. Ele pisava forte, tinha espasmos, estava louco de raiva e dor. Parecia um homem arruinado prestes a estourar os miolos.

Se havia algo capaz de consolá-lo, seria ver o espanto de Ganimard. Ao contrário do barão, o inspetor não se mexia. Parecia petrificado e, com um olhar vago, examinava tudo. As janelas? Fechadas. As fechaduras das portas? Intactas. Nenhuma violação no teto. Nenhum buraco no chão. Tudo estava perfeito. Tudo devia ter sido feito de forma metódica, de acordo com um plano inevitável e lógico.

— Arsène Lupin... Arsène Lupin — ele sussurrou, arrasado.

De repente, o inspetor saltou sobre os dois agentes, como se a raiva finalmente o sacudisse, os empurrou furioso e os amaldiçoou. Eles não acordavam!

— Diabo — disse ele —, será que...

Ele se inclinou sobre cada um deles e os examinou com atenção: estavam dormindo, mas era um sono anormal.

Ele disse ao barão:

— Alguém os pôs para dormir.

— Mas quem?

— Ele, claro! Ou alguém de sua gangue, mas liderado por ele. Tudo tem o jeito dele. A marca é evidente.

— Nesse caso, estou perdido, não há nada a fazer.

— Nada a fazer.

— Mas é abominável, é monstruoso.

— Registre uma ocorrência.

— De que adianta?

— Nossa Senhora! Tente... a justiça tem recursos...

— Justiça! Mas você pode fazer alguma coisa... Olhe tudo, veja se consegue encontrar uma pista, alguma coisa. Você nem se mexe!

— Encontrar pistas de Arsène Lupin! Mas, meu caro senhor, Arsène Lupin nunca deixa nenhum rastro! Não há coincidência com Arsène Lupin! Estou me perguntando se não foi de propósito que ele se deixou prender por mim na América!

— Então, eu tenho que desistir das minhas pinturas, de tudo! Mas foram as pérolas da minha coleção que ele roubou. Eu daria uma fortuna para encontrá-las. Se não podemos fazer nada contra ele, que diga seu preço!

Ganimard o encarou.

— É uma proposta grandiosa. Não vai recuar?

— Não, não, não. Mas por quê?

— Tenho uma ideia.

— Que ideia?

— Falaremos sobre isso se a investigação não der certo... Só aviso, nem uma palavra sobre mim, se quer que eu tenha sucesso. — E acrescentou por entre os dentes: — Porque, inclusive, nem tenho nada do que me gabar.

Os dois agentes, aos poucos, recuperaram a consciência com aquele olhar atordoado de quem está saindo de um sono hipnótico. Abriram os olhos, atônitos, e tentaram entender o que acontecia. Quando Ganimard os interrogou, eles não se lembravam de nada.

— Mas devem ter visto?
— Não.
— Vocês se lembram?
— Não, não.
— E vocês não beberam nada?

Eles pensaram sobre o assunto e um deles respondeu:
— Sim, eu bebi um pouco de água.
— Água daquele jarro?
— Sim.
— Eu também — disse o segundo.

Ganimard cheirou, provou a água. Ela não tinha nenhum gosto especial, nenhum cheiro.

— Vamos lá — disse ele —, estamos perdendo tempo. Não é em cinco minutos que resolvemos os problemas criados por Arsène Lupin. Mas, por Deus! Juro que o pego de novo. Ele vence a batalha. Eu, a guerra!

No mesmo dia, foi apresentada uma queixa de roubo feita pelo barão de Cahorn contra Arsène Lupin, detido na Santé!

⁂

O barão se arrependeu dessa queixa muitas vezes, ao ver o Malaquis entregue aos guardas, ao procurador, ao juiz de instrução, aos jornalistas, a todos os curiosos que se metiam onde não deviam estar.

O caso já empolgava a opinião pública. Cercado de condições tão especiais, o nome de Arsène Lupin instigava a imaginação a tal ponto que as histórias mais fantasiosas encheram as colunas dos jornais e convenceram o público.

Mas a carta inicial de Arsène Lupin, publicada pelo *Echo de France* (e ninguém nunca soube quem havia divulgado o texto), aquela carta na qual o barão Cahorn fora descaradamente avisado do que era ameaçado, causou considerável emoção. Explicações fabulosas foram oferecidas imediatamente. A existência do famoso subterrâneo voltou a ser cogitada. E as investigações foram conduzidas nessa direção.

Eles vasculharam o castelo de cima a baixo. Cada pedra foi posta em dúvida. Estudaram a marcenaria e as lareiras, os caixilhos das janelas e as vigas dos tetos. À luz de tochas, examinaram os porões imensos onde os senhores de Malaquis, um dia, armazenaram munições e provisões. Sondaram as entranhas da rocha. Tudo em vão. Nem o menor vestígio do tal subterrâneo foi descoberto. Não havia passagem secreta.

Tudo bem, respondiam as pessoas por todos os lados, mas móveis e quadros não desaparecem como fantasmas. Eles passam por portas e janelas, e as pessoas que os levam entram e saem por portas e janelas também. Quem são essas pessoas? Como entraram? E como saíram?

A promotoria de Rouen, convencida de sua impotência, solicitou a ajuda de agentes parisienses. M. Dudouis, chefe da Segurança, enviou seus melhores detetives da brigada de ferro. Ele mesmo passou 48 horas no Malaquis. Também não teve sucesso.

Foi então que ele convocou o inspetor Ganimard, cujos serviços tantas vezes havia tido oportunidade de verificar.

Ganimard ouviu as instruções de seu superior em silêncio, depois, balançando a cabeça em sinal de concordância, disse:

— Acho que insistir em vasculhar o castelo é persistir no erro. A solução está em outro lugar.

— Onde?

— Perto de Arsène Lupin.

— Arsène Lupin! Mas supor tal coisa é admitir que isso foi obra dele.

— Eu admito. E mais, tenho certeza.

— Por favor, Ganimard, isso é absurdo. Arsène Lupin está na prisão.

— Arsène Lupin está na prisão, sim. Ele é vigiado, admito. Mas mesmo que ele tivesse algemas nos pés, cordas nos pulsos e uma mordaça na boca, eu não mudaria de ideia.

— E por que essa certeza?

— Porque, sozinho, Arsène Lupin é capaz de arquitetar uma maquinação dessa envergadura, e arquitetá-la de forma que tenha sucesso... como conseguiu.

— Conversa, Ganimard!

— É a realidade. Mas veja, não estamos procurando subterrâneos, pedras que giram em torno de um eixo e outras bobagens desse tipo. Nosso homem não usa esses métodos antiquados, ele é o presente, ou melhor, o futuro.

— E sua conclusão?

— Concluo pedindo sua permissão para passar uma hora com ele.

— Na cela dele?

— Sim. Na viagem de volta da América, iniciamos um excelente relacionamento durante a travessia, e atrevo-me a dizer que ele tem alguma simpatia por quem soube detê-lo. Se ele puder me dar informações sem se comprometer, sei que vai me poupar de uma jornada inútil.

Era pouco mais de meio-dia quando Ganimard foi levado à cela de Arsène Lupin. Deitado na cama, Lupin levantou a cabeça e deixou escapar um grito de alegria.

— Ah! Mas que surpresa. O querido Ganimard, aqui!

— Eu mesmo.

— Desejei muitas coisas neste retiro que escolhi... mas não há nada que tenha desejado com mais paixão do que recebê-lo aqui.

— Muito amável.

— Não, não, eu tenho por você a maior estima.

— É um orgulho saber disso.

— Eu sempre disse: Ganimard é nosso melhor detetive. Quase se pode compará-lo — veja como sou franco!

—, quase se pode compará-lo a Sherlock Holmes. Mas, enfim, lamento não ter mais que esse banquinho para oferecer. E nada para beber! Sequer um copo de cerveja! Peço perdão, mas estou aqui de passagem.

Ganimard sentou-se, sorrindo, e o detento continuou satisfeito:

— Meu Deus, como fico feliz por poder olhar para um homem honesto! Já estou farto de todos aqueles espiões e delatores que vasculham meus bolsos e minha modesta cela dez vezes por dia para ter certeza de que não estou planejando uma fuga. Droga, a preocupação que o governo tem comigo!

— E com justa razão.

— Ah, não! Eu ficaria muito feliz se eles me deixassem morar no meu cantinho!

— Sustentado por outras pessoas.

— Não é? Isso seria tão fácil! Mas estou falando demais, dizendo bobagens, e você pode estar com pressa. Vamos, Ganimard! A que devo a honra de sua visita?

— Ao caso Cahorn — disse Ganimard sem rodeios.

— Espere! Só um segundo... É que são tantas coisas! Preciso localizar em minha cabeça o dossiê do caso Cahorn... Ah! Aqui está. Caso Cahorn, castelo Malaquis, Sena Marítimo... Dois Rubens, um Watteau e alguns objetos menores.

— Menores!

— Ah, meu Deus! Tudo lá é medíocre. Existem coisas melhores! Mas basta que você se interesse pelo assunto. Fale, Ganimard.

— Preciso explicar em que pé estamos com a investigação?

— Não é necessário. Li nos jornais hoje de manhã. Vou até me permitir comentar que você não está progredindo com muita rapidez.

— É exatamente por isso que estou recorrendo à sua gentileza.

— Completamente à sua disposição.

— Em primeiro lugar: você conduziu esse negócio?

— De A a Z.

— A carta de aviso? O telegrama?

— Sim, tudo isso. Devo até ter os recibos em algum lugar.

Arsène abriu a gaveta de uma mesinha de madeira branca que, junto com a cama e a escada, compunha toda a mobília da cela, pegou dois pedacinhos de papel e os entregou a Ganimard.

— Ah! Pensei que estivesse aqui vigiado, vim em busca apenas de um simples sim ou um não. Mas você lê os jornais, guarda recibos dos correios...

— Essas pessoas são muito idiotas! Eles descosturam o forro do meu casaco, investigam as solas das minhas botas, examinam as paredes da cela, mas ninguém pensou que Arsène Lupin seria estúpido a ponto de escolher um esconderijo tão fácil. Foi com isso que contei.

Ganimard exclamou com humor:

— Que rapaz engraçado! Você me confunde. Vamos lá, me conte essa aventura.

— Oh! Oh! Está pedindo demais! Contar todos os meus segredos... revelar meus pequenos truques... isso é muito sério.

— Errei em contar com sua colaboração?

— Não, Ganimard, já que insiste...

Arsène Lupin deu duas ou três voltas na cela, andando de um lado para o outro, depois parou:

— O que você acha da carta que mandei ao barão?

— Acho que você queria se divertir, impressionar um pouco a plateia.

— Ah! Impressionar a plateia! Bem, garanto, Ganimard, que pensei que você fosse mais forte. Como se perdesse tempo com essas infantilidades, eu, Arsène Lupin! Eu teria escrito aquela carta, se pudesse roubar o barão sem escrever para ele? Entenda, você e os outros, que esta carta é o ponto de partida essencial, a mola que colocou toda a máquina em movimento. Vejamos, vamos do começo, e vamos rever juntos, se quiser, o planejamento do roubo ao Malaquis.

— Estou ouvindo.

— Muito bem, suponhamos um castelo estritamente fechado e protegido, como o do barão Cahorn. Vou desistir do jogo e abrir mão dos tesouros que quero, só porque o castelo onde estão é inacessível?

— É claro que não.

— Vou tentar o ataque como antigamente, à frente de uma tropa de aventureiros?

— Infantil!

— Devo entrar sorrateiramente?

— Impossível.

— Tem um jeito, o único, na minha opinião, e é ser convidado pelo dono do tal castelo.

— A abordagem é original.

— E como é fácil! Suponha que, um dia, o referido proprietário receba uma carta avisando que um famoso ladrão, chamado Arsène Lupin, está conspirando contra ele. O que ele faz?

— Leva a carta à polícia.

— Que vai rir dele vai rir dele, já que Lupin está na prisão. Então, em pânico, o homem está preparado para pedir ajuda ao primeiro que aparecer, não é verdade?

— Sem dúvida nenhuma.

— E se, por acaso, ele lê em um jornal de quinta categoria que um famoso policial está passando férias na cidade vizinha...

— Ele vai procurar esse policial.

— Foi você quem disse. Do outro lado, vamos pensar que, antecipando-se a essa atitude inevitável, Arsène Lupin pediu a um de seus amigos mais habilidosos que se estabelecesse em Caudebec, entrasse em contato com um editor do Réveil, jornal do qual o barão é assinante, e insinuasse que ele era o tal policial, o que aconteceria?

— O editor anunciaria no Réveil a presença do tal policial em Caudebec.

— Perfeito, e haveria duas possibilidades: ou o peixe, ou melhor, Cahorn, não morde a isca e nada acontece, ou, e esta é a hipótese mais provável, ele reage como se espera, todo agitado. E é assim que Cahorn acaba indo pedir a ajuda de um dos meus amigos contra mim!

— Cada vez mais original.

Claro, o falso policial primeiro se recusa a ajudá-lo. Chega o telegrama de Arsène Lupin. Apavorado, o barão volta a implorar ao meu amigo e oferece dinheiro por sua ajuda. Meu amigo aceita, leva dois companheiros do nosso bando, que, à noite, enquanto Cahorn é vigiado por seu protetor, tiram pela janela alguns objetos e os transportam, com o auxílio de cordas, para um barquinho a remo fretado para esse propósito. É tão simples quanto Lupin.

— E é maravilhoso — grita Ganimard —, a ousadia do plano e a engenhosidade dos detalhes são dignas de louvor. Mas não consigo pensar em um policial suficientemente famoso para ter atraído o barão dessa maneira.

— Existe um, só um.
— Quem?
— É dos mais ilustres, o inimigo pessoal de Arsène Lupin, inspetor Ganimard.
— EU!
— Você mesmo, Ganimard. E aí está a melhor parte: se você for até lá e o barão decidir falar, você vai acabar descobrindo que seu dever é prender a si mesmo, como me prendeu na América. Ah! A vingança é engraçada: eu fiz Ganimard prender Ganimard!

Arsène Lupin riu com vontade. O inspetor, bastante aborrecido, mordeu o lábio. A piada não parecia tão engraçada para ele.

A chegada de um guarda deu a ele um tempo para se recuperar. O homem trouxe a refeição que Arsène Lupin, como um favor especial, comprava do restaurante vizinho. Depois de colocar a bandeja sobre a mesa, ele saiu. Arsène sentou-se, partiu o pão, comeu dois ou três pedaços e continuou:

— Mas não se preocupe, meu caro Ganimard, você não vai até lá. Vou dizer uma coisa que vai causar surpresa: o caso Cahorn está prestes a ser arquivado.

— O quê?

— Vai ser arquivado — repetiu.

— Ora, vamos, acabei de conversar com o chefe da Segurança.

— E daí? O sr. Dudouis sabe mais do que eu sobre meus assuntos? Você vai descobrir que Ganimard, ou melhor, o falso Ganimard estabeleceu uma relação muito boa com o barão. Ele, e este é o principal motivo para que não tenha revelado seu envolvimento à polícia, confiou-lhe a delicada missão de tratar de negócios comigo e, neste momento, por uma certa quantia, é provável que o barão tenha recuperado suas queridas bugigangas. Em troca, ele vai retirar a queixa. Portanto, não há mais roubo. Então, a promotoria terá que desistir...

Ganimard olhou espantado para o detento.

— E como sabe de tudo isso?

— Acabei de receber o telegrama que estava esperando.

— Você acabou de receber um telegrama?

— Agora mesmo, querido amigo. Por educação, não quis ler na sua presença. Mas se me permitir...

— Está brincando comigo, Lupin.

— Por favor, meu caro amigo, quebre delicadamente a casca deste ovo cozido. Vai ver que não estou zombando de você.

Ganimard obedeceu mecanicamente e quebrou o ovo com a lâmina de uma faca. Um grito de surpresa escapou de seu peito. A casca vazia continha um pedaço de papel azul. Orientado por Arsène, ele o desdobrou. Era um telegrama, ou melhor, parte de um telegrama do qual as informações postais haviam sido arrancadas. Ele leu:

"Acordo concluído. Cem mil balas entregues. Tudo certo."

— Cem mil balas? — ele disse.
— Sim, cem mil francos! Não é muito, mas os tempos são difíceis... E tenho despesas muito pesadas! Se soubesse como é meu orçamento... um orçamento de cidade grande!

Ganimard se levantou. O mau humor havia se dissipado. Ele refletiu por alguns segundos, pensou no caso todo, procurando onde estaria o ponto fraco. Em seguida, disse com tom de franca admiração:

— Felizmente, não existem dezenas como você, caso contrário, teríamos que fechar as portas.

Arsène Lupin assumiu um ar modesto e respondeu:
— Bobagem! É bom se divertir, ocupar o tempo livre... até porque o golpe só teria sucesso se eu estivesse na prisão.

— Como? — exclamou Ganimard. — O julgamento, sua defesa, a investigação, tudo isso não é suficiente para ocupar seu tempo?

— Não, porque decidi não comparecer ao meu julgamento.

— Oh! Oh!

Arsène Lupin repetiu, tranquilo:

— Não vou comparecer ao meu julgamento.

— Francamente!

— Ah! Meu caro, acha que vou apodrecer na palha úmida? Está me insultando. Arsène Lupin só fica na prisão o tempo que quiser, e nem mais um minuto.

— Talvez fosse mais seguro não ter entrado nela — o inspetor respondeu com ironia.

— Ah! Está rindo? Lembra que teve a honra de me prender? Saiba, meu respeitável amigo, que ninguém, você ou outra pessoa qualquer, teria conseguido me pegar, se um interesse muito maior não tivesse me ocupado naquele momento crítico.

— Você me surpreende.

— Uma mulher olhava para mim, Ganimard, e eu a amava. Entende tudo que envolve ser visto por uma mulher que você ama? O resto não tinha importância para mim, juro. E é por isso que estou aqui.

— Há muito tempo, diga-se de passagem.

— Eu queria esquecer primeiro. Não ria: a aventura foi encantadora, e ainda tenho boas lembranças dela... E sou um pouco neurastênico! A vida é tão agitada hoje em dia! Em alguns momentos, é preciso recorrer ao que chamo de tratamento de isolamento. Este lugar é inigualável para terapias como essa. É o que se pode chamar de cura da Santé em todos os sentidos.

— Arsène Lupin, está debochando de mim.

— Ganimard, hoje é sexta-feira. Na próxima quarta-feira, vou fumar um charuto na sua casa, na rua Pergolèse, às quatro da tarde.

— Arsène Lupin, estarei esperando por você.

Eles apertaram as mãos como dois bons e dignos amigos, e o velho policial saiu pela porta.

— Ganimard!

Ele se virou.

— O que foi?

— Ganimard, você esqueceu o relógio.

— Meu relógio?

— Sim, ficou perdido no meu bolso.

Ele o devolveu se desculpando.

— Perdão... é um mau hábito... Mas isso não é desculpa, o fato de terem tirado o meu não significa que posso tirar o seu. Principalmente, porque tenho aqui outro do qual não posso reclamar e que atende plenamente às minhas necessidades.

Ele tirou da gaveta um grande relógio de ouro adornado por uma corrente pesada.

— E de onde saiu esse? — perguntou Ganimard.

Arsène Lupin examinou as iniciais com uma atitude casual.

— B... Quem pode ser? Ah! Sim, eu me lembro, Jules Bouvier, meu juiz de instrução, um homem encantador...

A FUGA DE ARSÈNE LUPIN

Quando Arsène Lupin terminou sua refeição, tirou do bolso um belo charuto com anilha de ouro e o examinava relaxado, quando a porta da cela se abriu. Ele só teve tempo de jogar o charuto na gaveta e se afastar da mesa. O guarda entrou, era hora do passeio.

— Estava esperando por você, meu caro amigo — disse Lupin, ainda de bom humor.

Eles saíram. Mal tinham desaparecido além da esquina do corredor, e dois homens entraram na cela e começaram a revistá-la com atenção. Um era o inspetor Dieuzy, o outro, o inspetor Folenfant.

Queriam acabar com isso. Não havia dúvida: Arsène Lupin recebia informações do mundo exterior e se comunicava com parceiros. Na véspera, o *Grand Journal* havia publicado a seguinte mensagem endereçada a seu colaborador jurídico:

> *"Senhor:*
> *Em um artigo publicado recentemente, vocês falaram de mim em termos que nada pode justificar. Qualquer dia antes do início do*

meu julgamento, irei procurá-lo para pedir explicações.
Atenciosamente,

ARSÈNE LUPIN."

A caligrafia era realmente de Arsène Lupin. Então, ele enviava cartas. E recebia algumas. E certamente estava preparando essa fuga, anunciada de forma tão arrogante.

A situação se tornava insuportável. De acordo com o juiz de instrução, o próprio chefe da Segurança, M. Dudouis, dirigiu-se à Secretaria da Santé para explicar ao diretor da prisão as providências que deveriam ser tomadas. E, assim que chegou, ele enviou dois de seus homens à cela do prisioneiro.

Eles levantaram cada uma das lajes, desmontaram a cama, fizeram tudo que é costume fazer nesses casos e, no fim, não encontraram nada. Estavam quase encerrando a revista, quando o diretor chegou correndo e disse:

— A gaveta... olhem a gaveta da mesa. Quando entrei, tive a impressão de que ele a estava fechando.

Eles olharam, e Dieuzy exclamou:

— Por Deus, desta vez pegamos o homem.

Folenfant o deteve.

— Devagar, meu rapaz, o chefe fará o inventário.

— Sim, mas aquele charuto de luxo...

— Deixe o Havana aí e vá avisar o chefe.

Dois minutos depois, M. Dudouis estudava o conteúdo da gaveta. A primeira coisa que encontrou foi uma coleção de artigos sobre Arsène Lupin recortados do *Argus de la Presse*, depois uma bolsinha de tabaco, um cachimbo, um papel do tipo casca de cebola e, finalmente, dois livros.

Ele olhou os títulos. Um era *Os heróis* de Carlyle, edição em inglês, e um Elzévir encantador, em encadernação contemporânea, de *Manual de Epiteto*, tradução alemã publicada em Leiden em 1634. Depois de folhear os dois livros, ele descobriu que todas as páginas estavam marcadas, sublinhadas, anotadas. Eram sinais convencionais ou marcas que sugeriam o interesse fervoroso pelos livros?

— Vamos ver tudo isso em detalhes — disse M. Dudouis.

Ele examinou a bolsa de tabaco, o cachimbo. Depois, pegou o famoso charuto com a anilha de ouro.

— Nosso amigo gosta do que é bom — exclamou —, um Henri Clet!

Com o gesto mecânico de um fumante, ele o aproximou do ouvido e apertou. E imediatamente, reagiu com surpresa. O charuto havia cedido entre seus dedos. Ele o examinou com mais cuidado e logo percebeu um fragmento branco entre as folhas de tabaco. E delicadamente, usando um alfinete, tirou do charuto um rolo de papel muito fino, quase do tamanho de um palito de dente. Era um bilhete. Ele o desenrolou e leu a mensagem escrita com uma caligrafia feminina:

> "A cesta foi trocada. Oito em cada dez foram modificadas. Ao pressionar com o pé mais próximo do exterior, a placa se solta de cima para baixo.

De doze a dezesseis todos os dias, o HP vai esperar. Mas onde? Resposta imediata. Não se preocupe, seu amigo está cuidando de você."

M. Dudouis pensou por um momento e disse:

— É bem claro... a cesta... as oito caixas... De doze a dezesseis, ou seja, do meio-dia às quatro da tarde...

— Mas esse H-P... quem vai esperar?

— H-P, nesse caso, deve ser referência a um carro, H-P, *horse power*, cavalos de potência, não é assim que se mede a força de um motor em linguagem esportiva? Um vinte e quatro HP é um automóvel de vinte e quatro cavalos.

Ele se levantou e perguntou:

— O detento estava terminando o almoço?

— Sim.

— E como ele ainda não leu esta mensagem, como mostra a condição do charuto, é provável que tenha acabado de recebê-la.

— Como?

— Na comida, no meio do pão ou da batata, quem sabe?

— Impossível, ele só teve permissão para comprar comida fora, porque queríamos pegá-lo, e não encontramos nada.

— Esta noite vamos procurar a resposta de Lupin. Por enquanto, mantenha-o fora da cela. Vou levar isso ao juiz de instrução. Se ele aceitar minha sugestão, fotografamos a carta imediatamente e, em uma hora, você vai poder colocá-la de volta na gaveta junto com os outros objetos, dentro de um charuto idêntico. O detento não deve desconfiar de nada.

Curioso, M. Dudouis voltou à Santé naquela noite acompanhado pelo inspetor Dieuzy. Em um canto, sobre o aquecedor, havia três pratos.

— Ele comeu?

— Sim — respondeu o diretor.

— Dieuzy, por favor, corte esse macarrão em pedaços bem pequenos e abra aquele pão... Nada?

— Não, chefe.

M. Dudouis examinou os pratos, o garfo, a colher, finalmente a faca, uma faca regular, comum de lâmina arredondada. Ele girou o cabo para a esquerda, depois para a direita. À direita, o cabo se soltou. A faca era oca e servia de recipiente para uma folha de papel.

— Ah! — ele disse — Isso não é muito inteligente para um homem como Arsène. Mas não vamos perder tempo. Você, Dieuzy, vai fazer uma investigação nesse restaurante.

Depois ele leu:

"Estou nas suas mãos, o H-P vai seguir de longe, todos os dias. Estarei na frente. Vejo você em breve, querido e admirável amigo."

— Finalmente — exclamou M. Dudouis, esfregando as mãos — acho que estamos no caminho certo. Uma pequena ajuda nossa, e a fuga será bem-sucedida... pelo menos o suficiente para nos permitir pegar os cúmplices.

— E se Arsène Lupin escapar? — protestou o diretor.

— Vamos empregar o número necessário de homens. Se, no entanto, ele demonstrar muita habilidade nisso... puxa, que pena para ele! Quanto ao bando, se o chefe se recusa a falar, os outros falarão.

⁂

E, de fato, ele não falava muito, esse Arsène Lupin. Durante meses, M. Jules Bouvier, o juiz de instrução, tentou sem sucesso. Os interrogatórios foram reduzidos a conversas irrelevantes entre o juiz e o advogado, Maître Danval, um dos grandes nomes da Ordem dos Advogados que, aliás, sabia tanto do arguido agora quanto no início, quando pegou o caso.

De vez em quando, por educação, Arsène Lupin cedia:

— Mas, senhor juiz, estamos de acordo: o roubo do Crédit Lyonnais, o roubo da rua de Babylone, a questão das notas falsas, o caso das apólices de seguro, o roubo dos castelos d'Armesnil, de Gouret, Imblevain, des Groseillers, Malaquis, tudo isso é obra desse seu servo.

— Então, poderia me explicar...

Inútil, admito tudo, tudo e até dez vezes mais do que imagina.

Cansado da guerra, o juiz suspendeu esses tediosos interrogatórios. Depois de saber dos dois bilhetes interceptados, ele os devolveu. E, regularmente, ao meio-dia, Arsène Lupin era levado da Secretaria da Santé para o Tribunal no carro da prisão, com mais alguns presidiários. Retornavam lá pelas três ou quatro horas.

No entanto, uma tarde, o retorno ocorreu em condições especiais. Como os outros prisioneiros da Santé ainda não haviam sido interrogados, decidiram levar Arsène Lupin de volta antes dos outros. Ele entrou na viatura sozinho.

Esses carros de prisão, comumente chamados de "cestos", são divididos no sentido do comprimento por um corredor central, a partir do qual se abrem dez caixas, cinco à direita e cinco à esquerda. Cada uma dessas caixas comporta um detento, e cinco prisioneiros, portanto, sentam-se bem perto uns dos outros, separados por divisórias paralelas. Um guarda no fundo da viatura vigia o corredor.

Arsène foi conduzido para a terceira caixa à direita, e a viatura partiu. Ele percebeu que estavam saindo do Quai de l'Horloge e passando em frente ao Palais de Justice. Depois, quando se aproximavam do meio da Ponte Saint-Michel, ele apoiou o pé mais próximo do exterior, ou seja, o pé direito, como sempre fazia, sobre a chapa que fechava sua caixa. Imediatamente, alguma coisa estalou, e a placa de metal se moveu imperceptivelmente. Dava para ver que estava posicionado entre as duas rodas.

Ele esperou, manteve-se alerta. O carro subiu o Boulevard Saint-Michel. No cruzamento de Saint-Germain, eles pararam. O cavalo que puxava uma carroça tinha caído. O tráfego foi interrompido, e rapidamente formou-se um congestionamento de táxis e ônibus.

Arsène Lupin passou a cabeça pela abertura. Outro carro da penitenciária parou ao lado da viatura em que estava. Ele afastou completamente a placa de metal, apoiou o pé em uma das rodas e saltou para o chão.

Um cocheiro o viu, desatou a rir e tentou avisar os outros. Mas sua voz se perdeu em meio ao barulho dos outros veículos, que voltavam a passar. Além disso, Arsène Lupin já estava longe.

Ele deu alguns passos correndo; mas na calçada do lado esquerdo ele virou, olhou em volta, como se sentisse a direção do vento sem saber ao certo para qual caminho seguir. Depois, decidido, enfiou as mãos nos bolsos e, com o ar despreocupado de quem está só dando um passeio, continuou subindo o bulevar.

O tempo era agradável, um clima alegre e leve de outono. Os cafés estavam lotados. Ele se sentou no terraço de um deles.

Pediu uma cerveja e um maço de cigarros. Esvaziou o copo em pequenos goles, fumou um cigarro em silêncio e acendeu outro. Finalmente, levantou-se e pediu para o garçom ir chamar o gerente.

O gerente veio, e Arsène falou em voz alta, o suficiente para ser ouvido por todos:

— Lamento, senhor, esqueci a carteira. Talvez meu nome seja conhecido o bastante para me conceder crédito por alguns dias: Arsène Lupin.

O gerente olhou para ele pensando que era brincadeira. Mas Arsène repetiu:

— Lupin, detido na Santé, atualmente em fuga. Ouso acreditar que este nome inspira total confiança.

E foi embora gargalhando, sem que o outro tivesse alguma reação.

Ele atravessou a rua Soufflot e seguiu pela rua Saint-Jacques. Continuou caminhando tranquilamente, parando diante das vitrines e fumando cigarros. No Boulevard de Port-Royal, ele se orientou, pediu informações e seguiu em linha reta para a Rua de la Santé. As paredes altas e sombrias da prisão logo surgiram diante dele. Depois de contornar o prédio, ele abordou o guarda que estava na entrada e tirou o chapéu:

— Esta é a prisão Santé?
— Sim.
— Eu gostaria de voltar para a minha cela. A viatura me deixou na rua, e não queria abusar...

O guarda resmungou:

— Escute aqui, homem, siga seu caminho, e rápido.
— Desculpe, mas meu caminho passa por esta porta. E se impedir Arsène Lupin de atravessá-la, pode acabar pagando caro, meu amigo.
— Arsène Lupin! O que está dizendo?
— Lamento não ter um cartão — disse Arsène, fingindo procurar nos bolsos.

O guarda o olhou de cima a baixo com ar perplexo. Depois, sem dizer nenhuma palavra, como que a contragosto, tocou uma campainha. A porta de ferro se abriu.

Poucos minutos depois, o diretor correu para o escritório gesticulando, tomado por uma raiva violenta. Arsène sorriu.

— Francamente, diretor, não brinque muito comigo. Como? Tomam providências para que eu seja transportado sozinho, encenam um pequeno tumulto e imaginam que vou correr ao encontro dos meus amigos. E os vinte oficiais de segurança que nos acompanharam a pé, em táxis e bicicletas? Não, o que eles teriam feito comigo? Eu não teria conseguido sair vivo. Diga-me, diretor, por acaso era com isso que contavam?

Ele deu de ombros e acrescentou:

— Por favor, diretor, não perca seu tempo comigo. No dia em que eu quiser fugir, não vou precisar de ninguém.

Dois dias depois, o *Echo de France*, que tinha se tornado o relator oficial das façanhas de Arsène Lupin — dizia-se que Lupin era um de seus principais patrocinadores —, o *Echo de France* publicou essa tentativa de fuga com todos os detalhes. O texto das mensagens trocadas entre o detento e sua amiga misteriosa, os meios empregados para a manutenção dessa correspondência, a cumplicidade da polícia, o passeio no Boulevard Saint-Michel, o incidente no café Soufflot, tudo foi revelado. Soubemos que a pesquisa do inspetor Dieuzy com os garçons do restaurante não havia dado resultados. E ficamos sabendo também de uma coisa surpreendente, que mostrava a infinita variedade de recursos à disposição desse homem: a viatura da detenção em que ele fora transportado era totalmente equipada, seus cúmplices a haviam colocado no lugar de um dos seis carros que normalmente compõem a frota do serviço prisional.

Ninguém duvidava da fuga iminente de Arsène Lupin. Ele mesmo a anunciava em termos categóricos, como provou sua resposta a M. Bouvier no dia seguinte ao incidente. O juiz debochava de seu fracasso, e ele o encarou e disse com tom frio:

— Escute bem, senhor, e acredite em mim: essa tentativa fazia parte do meu plano de fuga.

— Não entendi — zombou o juiz.

— Não precisa entender.

E como o juiz voltasse às perguntas de sempre durante esse interrogatório, que foi divulgado nas colunas do *Echo de France*, ele reclamou, cansado:

Meu Deus, meu Deus, de novo isso! Todas essas perguntas não têm a menor importância!

— Como assim, não têm importância?

— Não têm, já que não vou ao meu julgamento.

— Você não vai...

— Não vou, é uma obsessão, uma decisão irrevogável. Nada vai me fazer mudar de ideia.

Tamanha certeza, as inexplicáveis indiscrições cometidas todos os dias, tudo isso incomodava e desconcertava a justiça. Havia segredos que apenas Arsène Lupin conhecia, e cuja revelação só poderia vir dele. Mas com que propósito ele os revelaria? E como?

Arsène Lupin foi transferido de cela. Uma noite, ele desceu a escada. De sua parte, o juiz concluiu a investigação e encaminhou o caso para o promotor.

Fez-se o silêncio. Foram dois meses. Arsène passava o tempo deitado na cama, quase sempre olhando para a parede. Essa mudança de cela parecia tê-lo deprimido. Ele se recusava a conversar com o advogado. Mal trocava uma ou outra palavra com os carcereiros.

Na quinzena anterior ao julgamento, foi como se revivesse. Ele reclamou de falta de ar. Era levado ao pátio bem cedo por dois homens.

A curiosidade pública, entretanto, não diminuiu. Todos os dias esperávamos pela notícia da fuga. Quase a desejávamos, porque o personagem agradava à multidão com sua verve, sua alegria, sua diversidade, seu gênio inventivo e o mistério que cercava sua vida. Arsène Lupin tinha que escapar. Era inevitável, fatal. Ficamos até surpresos por estar demorando tanto. Todas as manhãs, o Chefe de Polícia perguntava ao seu secretário:

— E então, ele ainda não foi embora?

— Não, senhor.

— Então, irá amanhã.

E, na véspera do julgamento, um senhor apareceu na redação do *Grand Journal*, perguntou pelo colaborador jurídico, jogou seu cartão na cara dele e saiu rapidamente. No cartão, havia as seguintes palavras: "Arsène Lupin sempre cumpre suas promessas".

༺❦༻

Foi nessas condições que começou o julgamento.

O público era enorme. Não havia quem não quisesse ver o famoso Arsène Lupin e saborear, de antemão, a forma como ele assumiria o comando. Advogados e magistrados, cronistas e socialites, artistas e damas, toda Paris se espremia nos bancos da plateia.

Chovia, fazia um dia escuro lá fora, e foi difícil ver Arsène Lupin quando os guardas o apresentaram. Porém, o porte pesado, a maneira como se deixou cair em seu banco, a imobilidade indiferente e passiva não combinavam com ele. Várias vezes, o advogado — um dos assistentes de M. Danval, que achou indigno o papel a que fora reduzido —, várias vezes, o advogado falou com ele. Ele acenava com a cabeça e permanecia em silêncio.

O escrivão leu a acusação, depois o juiz disse:

— Acusado, levante-se. Seu nome, primeiro nome, idade e profissão?

Não houve resposta, e ele repetiu:

— Seu nome? Estou perguntando seu nome.

Uma voz grossa e cansada disse:

— Baudru, Désiré.

Houve sussurros. Mas o juiz insistiu:

— Baudru, Désiré? Ah! Bem, um novo personagem! Como se trata do oitavo nome que você assume, e que é, sem dúvida, tão imaginário quanto os outros, ficaremos, se não se importa, com o de Arsène Lupin, pelo qual você é mais conhecido.

O juiz olhou suas anotações e continuou:

— Porque, apesar de todas as pesquisas, não foi possível reconstituir sua identidade. Você representa um caso bastante original em nossa sociedade moderna, o de não ter passado. Não sabemos quem você é, de onde vem, onde passou sua infância, enfim, nada. Surgiu de repente, há três anos, não sabemos exatamente de que cenário, para, se revelar Arsène Lupin, isto é, um bizarro composto de inteligência e perversidade, imoralidade e generosidade. Os dados que temos sobre você antes desse período são mais uma suposição. É provável que o homem chamado Rostat, que trabalhou, oito anos atrás, ao lado do mágico Dickson, fosse ninguém menos que Arsène Lupin. É provável que o estudante russo que frequentou, há seis anos, o laboratório do Doutor Altier, no hospital Saint-Louis, e que muitas vezes surpreendeu o professor pela engenhosidade de suas hipóteses sobre bacteriologia e pela ousadia de suas experiências em doenças de pele, fosse ninguém menos que Arsène Lupin. Arsène Lupin também era o professor de luta livre japonesa que se estabeleceu em Paris muito antes de se ouvir falar em jiu-jítsu. Arsène Lupin, acreditamos, foi o ciclista que ganhou o Grande Prêmio da Exposição, recebeu seus dez mil francos e nunca mais reapareceu. Talvez Arsène Lupin também tenha sido aquele homem que salvou tantas pessoas pela janelinha do Bazar de la Charité... e as roubou.

E, depois de uma pausa, o juiz concluiu:

— Foi assim que passou esse tempo, que parece ter sido apenas uma preparação meticulosa para a luta que empreendeu contra a sociedade, em um aprendizado metódico que levou sua força, energia e habilidade ao ponto mais alto. Você aceita a exatidão desses fatos?

Durante esse discurso, o acusado alternava o peso de uma perna para a outra, com as costas curvadas e os braços inertes. Sob a iluminação mais intensa, notamos sua extrema magreza, as bochechas encovadas, as maçãs do rosto estranhamente salientes, o rosto cor de terra, marmorizado por pequenas manchas vermelhas e emoldurado por uma barba irregular e rala. A prisão o envelheceu e o definhou consideravelmente. Já não se reconhecia a silhueta elegante e o rosto jovem cujo retrato simpático os jornais tantas vezes publicaram.

Era como se ele não tivesse ouvido a pergunta. Duas vezes ela foi repetida. Então, ele levantou a cabeça, pareceu pensar e, fazendo um esforço violento, murmurou:

— Baudru, Désiré.

O juiz riu.

— Não estou entendendo esse sistema de defesa que você adotou, Arsène Lupin. Se quer se fazer de bobo e irresponsável, fique à vontade. Quanto a mim, vou direto ao ponto, sem me preocupar com suas fantasias.

E ele começou a falar sobre os detalhes das acusações de furtos, trapaças e falsificações contra Lupin. Às vezes, questionava o acusado. Ele grunhia ou não respondia.

Começou o desfile de testemunhas. Houve vários depoimentos insignificantes, outros mais graves, todos com a característica comum de se contradizerem. Uma obscuridade inquietante cercava os procedimentos, mas o inspetor-chefe, Ganimard, foi apresentado e despertou interesse.

Desde o início, porém, o velho policial causou certa decepção. Ele parecia, não intimidado — tinha visto muitos outros —, mas preocupado, desconfortável. Várias vezes olhou para o acusado com visível embaraço. No entanto, com as duas mãos apoiadas na barra diante dele, relatou os incidentes em que estivera envolvido, a perseguição pela Europa, a chegada à América. E ouvíamos com atenção, como ouvíamos as histórias das aventuras mais emocionantes. Mas no final, ao mencionar suas conversas com Arsène Lupin, ele parou duas vezes, distraído e indeciso.

Estava claro que outro pensamento o assombrava. O juiz disse a ele:

Se não estiver bem, é melhor interromper seu testemunho.

Não, não, é só...

Calado, olhou demoradamente para o réu, atento, depois disse:

— Peço licença para examinar o acusado mais de perto. Há um mistério aqui que preciso esclarecer.

Aproximou-se, olhou para ele com atenção ainda maior, depois voltou à cadeira. E então, com tom um tanto solene, disse:

— Sr. Presidente, posso dizer que o homem que está aqui na minha frente não é Arsène Lupin.

Um intenso silêncio seguiu essas palavras. O presidente, surpreso a princípio, exclamou:

— Ah! O que está dizendo? Isso é loucura.

O inspetor afirmou, tranquilo:

— À primeira vista, talvez haja alguma semelhança, e de fato existe, admito, mas basta um segundo de atenção. O nariz, a boca, o cabelo, a cor da pele... bem, é isso: não é Arsène Lupin. E os olhos! Ele já teve esses olhos de alcoólatra?

— Um minuto, um minuto, vamos explicar. O que pretende a testemunha?

— É o que sei! Ele desapareceu e deixou em seu lugar um pobre diabo que iríamos condenar como se fosse ele... A menos que seja um cúmplice.

Gritos, risadas e exclamações eram ouvidos de todos os lados da sala, provocados por aquela reviravolta inesperada.

O juiz-presidente convocou o juiz de instrução, o diretor da Santé e os guardas e suspendeu a audiência.

Na retomada da sessão, M. Bouvier e o diretor, colocados na presença do acusado, declararam que havia entre Arsène Lupin e aquele homem apenas uma vaga semelhança de traços.

— Mas então — gritou o juiz —, quem é este homem? De onde surgiu? Como está nas mãos da justiça?

Os dois guardas da Santé se apresentaram. Em uma contradição impressionante, reconheceram o detento que supervisionaram em turnos! O juiz respirou fundo.

Mas um dos guardas continuou:

— Sim, sim, acho que é ele.

— Como assim, você acha?

— Senhor, eu mal o vi. Eu o supervisionava à noite, e, por dois meses, ele sempre esteve virado para a parede.

— Mas e antes desses dois meses?

— Ah! Antes, ele não ocupava a cela 24.

O diretor da prisão esclareceu esse ponto:

— Mudamos o detento de cela depois da tentativa de fuga.

— Mas você, Diretor, o viu nesses dois meses?

— Não foi necessário... ele estava quieto.

— E este homem não é o detento que lhe foi entregue?

— Não.

— Então, quem é ele?

— Não sei dizer.

— Estamos, portanto, diante de uma substituição que teria ocorrido há dois meses. Como você explica isso?

— É impossível.

— Então?

Em desespero, o juiz olhou para o réu e perguntou com tom envolvente:

— O réu poderia me explicar como e desde quando está nas mãos da justiça?

Pode-se dizer que o tom benevolente do juiz desarmou a desconfiança ou estimulou a compreensão do homem. Ele tentou responder. Finalmente, interrogado com habilidade e delicadeza, conseguiu coordenar algumas frases, das quais se extraiu que: dois meses antes, ele fora levado para a Delegacia. Passou uma noite e uma manhã lá. Com setenta e cinco centavos no bolso, fora libertado. Mas, quando estava atravessando o pátio, dois guardas o pegaram pelo braço e o conduziram até o carro da prisão. Desde então, ele está morando na cela 24, nada infeliz... as pessoas se alimentam bem... as pessoas dormem bem... Então, ele não reclamou...

Tudo parecia provável. Em meio a risos e grande entusiasmo, o juiz encaminhou o assunto para outra sessão para uma investigação mais aprofundada.

֎

A investigação apurou imediatamente este fato, registrado no prontuário da prisão: oito semanas antes, um homem chamado Baudru Désiré havia dormido na Delegacia. Liberado no dia seguinte, deixou o local às duas da tarde. Porém, naquele dia, às duas horas, interrogado pela última vez, Arsène Lupin deixou a vara de instrução e foi levado no carro da prisão.

Os guardas cometeram um erro? Enganados pela semelhança, teriam eles mesmos, em um momento de desatenção, substituído o prisioneiro por esse homem? Um erro como esse insinuaria uma displicência que seu histórico de serviço não nos permitia supor.

A troca foi combinada com antecedência? Além de o layout das instalações tornar essa hipótese quase impossível, teria sido necessário, nesse caso, que Baudru fosse cúmplice e que tivesse sido preso com o propósito específico de ocupar o lugar de Arsène Lupin. Mas então, por que milagre esse plano, baseado apenas em uma série de coincidências incríveis, encontros fortuitos e erros fabulosos, teve sucesso?

Désiré Baudru foi encaminhado ao serviço de antropometria: não havia registros que correspondessem à sua descrição. Além disso, seus vestígios foram facilmente encontrados. Ele era conhecido em Courbevoie, Asnières, Levallois. Vivia de esmolas e dormia em uma daquelas cabanas de catadores de lixo que se amontoavam perto da estação de Ternes. Durante um ano, entretanto, ele havia desaparecido.

Fora contratado por Arsène Lupin? Nada levava a crer nessa possibilidade. E quando isso começou a parecer possível, também não se soube mais sobre a fuga do prisioneiro. O mistério persistiu. Das vinte hipóteses com que tentaram explicá-lo, nenhuma era satisfatória. A fuga, por si só, não estava em dúvida, uma fuga incompreensível, impressionante, na qual o público, assim como o sistema de justiça, sentiam o esforço de uma longa preparação, de um conjunto de atitudes maravilhosamente entrelaçadas, e cujo desfecho justificava a previsão orgulhosa de Arsène Lupin: "Não vou comparecer ao meu julgamento".

Depois de um mês de minuciosa pesquisa, o enigma ainda mantinha seu caráter indecifrável. No entanto, não era possível manter preso, por tempo indeterminado, esse pobre diabo do Baudru. Seu julgamento teria sido ridículo: que acusações havia contra ele? A libertação foi assinada pelo juiz de instrução. Mas o chefe de segurança decidiu mantê-lo sob vigilância ativa.

A ideia veio de Ganimard. Na opinião dele, não havia cumplicidade nem acaso. Baudru era um instrumento que Arsène Lupin tocava com sua habilidade extraordinária. Com Baudru livre, e por meio dele, seria possível chegar a Arsène Lupin ou, pelo menos, a alguém de sua gangue.

Os inspetores Folenfant e Dieuzy foram associados a Ganimard e, em uma manhã de janeiro de tempo nublado, as portas da prisão se abriram para Baudru Désiré.

De início, ele parecia um tanto constrangido e caminhava como um homem que não sabe muito bem o que fazer com seu tempo. Seguiu pela rua de la Santé e pela rua Saint-Jacques. Diante de um brechó, tirou o paletó e o colete, vendeu o colete por alguns centavos e, vestido novamente com o paletó, foi embora.

Ele atravessou o Sena. No Châtelet, tentou entrar em um ônibus, mas não havia espaço. O controlador o aconselhou a pegar uma senha, e ele entrou na sala de espera.

Naquele momento, Ganimard chamou seus dois homens e, sem perder de vista a sede da rodoviária, disse apressado:

— Pare um carro... não, dois, é mais seguro. Um de vocês vem comigo, e vamos seguir o homem.

Os dois obedeceram. Baudru, no entanto, não apareceu. Ganimard entrou: não havia ninguém na sala.

— Eu sou um idiota — ele resmungou —, esqueci a segunda saída.

A rodoviária tinha um corredor interno que se estendia até a rua Saint-Martin. Ganimard correu. Chegou bem a tempo de ver Baudru no ônibus Batignolles-Jardin des Plantes, que virou na esquina da rua de Rivoli. Ele correu e alcançou o ônibus. Mas tinha perdido seus dois agentes. Era o único a continuar a perseguição.

Furioso, estava prestes a segurá-lo pelo colarinho sem perder mais tempo. Não foi com premeditação e astúcia engenhosa que o sujeito o separou de seus auxiliares?

Ele olhou para Baudru. Ele cochilava no banco, a cabeça balançando para frente e para trás. A boca estava entreaberta, o rosto tinha uma incrível expressão de estupidez. Não, aquele não era um oponente capaz de derrotar o velho Ganimard. O acaso o havia ajudado, só isso.

No cruzamento da Galeries com a Lafayette, o homem desceu do ônibus e pegou o bonde Muette. Seguiu pela Boulevard Haussmann e Avenida Victor-Hugo. Baudru só desembarcou na frente da estação de Muette. E com um andar indiferente, mergulhou no Bois de Boulogne.

Foi de uma calçada a outra, voltou sobre os próprios passos, afastou-se. O que estava procurando? Tinha um objetivo?

Depois de uma hora nesse carrossel, ele parecia exausto. Na verdade, ao avistar um banco, ele se sentou. O local, que não ficava muito longe de Auteuil, às margens de um pequeno lago escondido entre as árvores, estava absolutamente deserto. Meia hora se passou. Impaciente, Ganimard resolveu tentar conversar.

Ele se aproximou e sentou ao lado de Baudru. Acendeu um cigarro, traçou círculos na areia com a ponta da bengala e disse:

— Não está muito quente.

Silêncio. E, de repente, nesse silêncio, ecoou uma gargalhada, mas uma gargalhada alegre e feliz, a gargalhada de uma criança que explode em risadas e que não consegue parar de rir. Ganimard sentia o cabelo arrepiar, ficar em pé. Aquela risada, aquela risada infernal que ele conhecia tão bem!

Com um gesto repentino, ele agarrou o homem pelas lapelas do paletó e olhou para ele de frente, de um jeito violento, ainda mais intenso do que tinha olhado para ele no Tribunal e, na verdade, não era mais o homem que viu lá. Era o homem, mas, ao mesmo tempo, era o outro, o verdadeiro.

Ajudado por uma vontade cúmplice, ele redescobriu a vida fulgurante em seus olhos, completou a máscara emaciada, viu a verdadeira carne sob a epiderme danificada, a boca verdadeira atrás do sorriso que a deformava. E eram os olhos do outro, a boca do outro, era principalmente sua expressão penetrante, viva, debochada, espiritual, tão límpida e tão jovem!

— Arsène Lupin, Arsène Lupin — ele gaguejou.

E, de repente, tomado de raiva, apertou-lhe a garganta e tentou derrubá-lo. Apesar de seus cinquenta anos, ele ainda era excepcionalmente vigoroso, enquanto seu oponente parecia estar em péssimas condições. E que golpe de mestre seria, se conseguisse levá-lo de volta!

A luta foi rápida. Arsène Lupin mal se defendeu e, tão rápido quanto atacou, Ganimard o soltou. Seu braço direito estava inerte, entorpecido.

— Se tivesse aprendido jiu-jítsu no Quai des Orfèvres — Lupin disse —, saberia que esse movimento é chamado de *udi-shi-ghi* em japonês. — E acrescentou friamente: — Mais um segundo, e eu quebraria seu braço, e você teria o que merece. Como você, velho amigo a quem estimo, diante de quem revelo espontaneamente meu disfarce, abusa da minha confiança? Está errado... bem, e então, qual é o problema?

Ganimard ficou em silêncio. Essa fuga pela qual se considerava responsável... Não fora ele quem, por seu testemunho sensacional, enganara a justiça? Essa fuga parecia ser a vergonha de sua carreira. Uma lágrima rolou por seu bigode cinza.

— Por Deus, Ganimard, não se preocupe: se não tivesse falado, eu teria providenciado para que outra pessoa falasse. Veja bem, eu não poderia admitir que condenassem Baudru Désiré.

— Então — sussurrou Ganimard —, era você quem estava lá? É você quem está aqui!

— Eu, sempre eu, só eu.

— É possível?

— Oh! Você não precisa ser um feiticeiro. Basta, como disse esse bravo juiz, preparar-se durante doze anos para estar pronto para todas as eventualidades.

— Mas seu rosto? Os olhos?

— Você sabe que se trabalhei dezoito meses em Saint-Louis com o doutor Altier, não foi por amor à arte. Achei que aquele que um dia teria a honra de ser chamado de Arsène Lupin deveria dominar as leis comuns de aparência e identidade. A aparência? Nós a modificamos à vontade. Essa injeção hipodérmica de parafina causa bolhas na pele exatamente onde você deseja. O ácido pirogálico o transforma em um moicano. O suco da celidônia cria crostas e tumores do mais satisfatório efeito. Um processo químico atua no crescimento da barba e do cabelo, outro, no som da sua voz. Acrescente a isso dois meses de dieta na cela 24, exercícios mil vezes repetidos para abrir minha boca de acordo com esse sorriso torto, manter a cabeça nessa inclinação e as costas encurvadas. Finalmente, cinco gotas de atropina nos olhos para torná-los abatidos e indescritíveis, e pronto.

— Eu não entendo que os guardas...

— A metamorfose foi gradual. Eles não poderiam notar a evolução diária.

— Mas Baudru Désiré?

— Baudru existe. Ele é um pobre homem inocente que conheci no ano passado e que, realmente, tem comigo uma pequena semelhança de traços. Antecipando uma prisão sempre possível, eu o mantive em segurança e me dediquei a discernir, desde o início, os pontos de divergência que nos distinguiam, a fim de atenuá-los tanto quanto possível. Meus amigos o fizeram passar uma noite na delegacia, de modo que ele saiu mais ou menos na mesma hora que eu, e foi fácil ver a coincidência. Pois, observe, tivemos que plantar vestígios de sua passagem, ou a justiça teria se perguntado quem eu era. Ao oferecer ao tribunal esse excelente Baudru, era inevitável que a justiça pulasse sobre ele e que, apesar das dificuldades intransponíveis de uma substituição, preferisse acreditar na troca a confessar sua ignorância.

— Sim, sim, de fato — sussurrou Ganimard.

— E então — disse Arsène Lupin —, eu tinha em mãos um trunfo formidável, uma carta que mantive à mão desde o início: a expectativa de todos em relação à minha fuga. E aqui está o erro grosseiro em que você e os outros caíram, nesse jogo fascinante em que a justiça e eu tínhamos nos envolvido e cuja aposta era minha liberdade: você presumiu, mais uma vez, que eu agia para me exibir, que estava intoxicado por meu sucesso, como um menino bobo. Eu, Arsène Lupin, que fraqueza! E como no caso Cahorn, você não pensou: "Enquanto Arsène Lupin gritar dos telhados que vai fugir, é porque tem motivos para isso". Mas entenda que, para fugir... sem fugir, era preciso acreditar de antemão na fuga, era uma questão de fé, uma convicção absoluta, uma verdade ofuscante como o sol. E foi assim, por minha vontade. Arsène Lupin escaparia, Arsène Lupin não compareceria ao julgamento. E quando você se levantasse para dizer: "este homem não é Arsène Lupin", seria natural que todos acreditassem imediatamente que eu não era Arsène Lupin. Se apenas uma pessoa duvidasse, se uma só perguntasse: "E se for Arsène Lupin?", nesse minuto eu estaria perdido. Bastaria alguém olhar para mim, não com a ideia de que eu não era Arsène Lupin, como você e os outros faziam, mas com a ideia de que eu poderia ser Arsène Lupin, e apesar de todas as minhas precauções, eu seria reconhecido. Ninguém poderia ter essa ideia simples, era impossível do ponto de vista da lógica e da psicologia. — E, de repente, ele segurou a mão de Ganimard. — Vamos, Ganimard, admita, oito dias depois do nosso encontro na prisão de La Santé, você me esperou às quatro horas em sua casa, como eu havia sugerido.

— E quanto à viatura da prisão? Ganimard perguntou, evitando responder.

— Blefe! Foram meus amigos que arrumaram e substituíram a viatura por aquele carro velho e surrado e quiseram fazer uma tentativa. Mas eu sabia que seria impraticável, sem uma combinação de circunstâncias excepcionais. Só achei útil executar essa tentativa de fuga e dar a ela maior publicidade. Uma primeira fuga ousada e combinada deu à segunda o valor de uma fuga garantida com antecedência.

— Mas o charuto...

— Preparado por mim, como a faca.
— E os bilhetes?
— Escritos por mim.
— E a correspondente misteriosa?
— Ela e eu somos um só. Treinei todas as caligrafias.

Ganimard pensou por um momento e argumentou:
— Como é possível que no departamento de antropometria, quando pegamos o cartão de Baudru, não notamos que as características coincidiam com as de Arsène Lupin?
— O arquivo de Arsène Lupin não existe.
— Mentira!
— Ou é falso, pelo menos. Essa é uma questão que tenho estudado muito. O sistema Bertillon inclui, primeiro, caracterização visual — e você pode ver que ela não é infalível — e, depois, caracterização por medidas, medidas da cabeça, dedos, orelhas e assim por diante. Não há nada a fazer.
— Então?
— Então tivemos que pagar. Antes mesmo do meu retorno da América, um dos funcionários do serviço aceitou dinheiro para inserir uma medida falsa no início do meu prontuário. Isso é suficiente para que todo o sistema se desvie e faça uma carta indicar uma direção completamente diferente daquela que deveria sugerir. O arquivo de Baudru, portanto, não precisava coincidir com o arquivo de Arsène Lupin.

Houve outro silêncio, depois Ganimard perguntou:
— E agora, o que vai fazer?

— Agora — Lupin respondeu —, vou descansar, fazer uma dieta reforçada e, aos poucos, voltar a ser eu mesmo. É muito bom ser Baudru ou outra pessoa, mudar sua personalidade como se fosse uma roupa e escolher sua aparência, sua voz, seu visual, sua caligrafia. Mas acontece que não nos reconhecemos mais em tudo isso, o que é muito triste. Atualmente estou vivendo o que deve ter sentido o homem que perdeu sua sombra. Eu vou me procurar... e me encontrar.

Ele andou de um lado para o outro. Um pouco de escuridão se misturou à luz do dia. Ele parou na frente de Ganimard.

— Não temos mais nada a dizer um ao outro, eu acho?

— Sim — respondeu o inspetor —, gostaria de saber se vai revelar a verdade sobre sua fuga... O erro que cometi...

— Ah, ninguém jamais saberá que foi Arsène Lupin quem foi libertado. Tenho muito interesse em acumular ao meu redor as névoas mais misteriosas, para não deixar escapar esse caráter quase milagroso. Sendo assim, não tenha medo, meu bom amigo, e adeus. Vou jantar na cidade esta noite e só tenho tempo para me vestir.

— Pensei que quisesse descansar!

— Ai! Existem obrigações mundanas que não podem ser evitadas. O descanso começará amanhã.

— E onde vai jantar?

— Na Embaixada Britânica.

O VIAJANTE MISTERIOSO

No dia anterior, eu enviara meu automóvel para Rouen pela estrada. Viajaria até lá de trem e, de lá, iria ver amigos que moram nas margens do Sena.

Agora, em Paris, poucos minutos antes da partida, sete cavalheiros invadiram meu compartimento; cinco fumavam. Por mais curta que fosse a jornada, a perspectiva de passar esse tempo com esse tipo de companhia era desagradável para mim, especialmente porque viajávamos em um vagão antigo, sem corredor. Peguei, então, meu sobretudo, meus jornais, meu guia e mudei para um dos compartimentos vizinhos.

Havia uma senhora lá. Quando me viu, ela fez um gesto de contrariedade que não me escapou e se inclinou para um cavalheiro que estava em pé no degrau, seu marido, sem dúvida, e que a acompanhara até a estação. O cavalheiro olhou para mim, e o exame provavelmente acabou me favorecendo, pois ele falou em voz baixa com a esposa, sorrindo, com jeito de quem tranquiliza uma criança que tem medo. Ela sorriu e me lançou um olhar amigável, como se, de repente, entendesse que eu era um daqueles homens galantes com quem uma mulher pode ficar trancada por duas horas em uma caixinha de seis metros quadrados, sem nada para temer.

O marido disse a ela:

— Espero que entenda, querida, mas tenho um compromisso urgente e não posso mais esperar.

Ele a beijou afetuosamente e foi embora. A esposa mandou beijinhos discretos pela janela e acenou com o lenço.

O apito soou. O trem partiu.

Naquele exato momento, e apesar dos protestos dos funcionários, a porta se abriu e um homem surgiu em nosso compartimento. Minha companheira de viagem, que estava de pé e arrumando suas coisas no compartimento de bagagens, soltou um grito de terror e caiu no banco.

Não sou covarde, longe disso, mas reconheço que essas aparições de última hora são sempre incômodas. Parecem ambíguas, não são naturais. Tem que haver algo por trás, ou então...

Mas a aparência e a atitude do recém-chegado atenuaram a má impressão causada pelo gesto. A correção, a elegância, a gravata de bom gosto, as luvas limpas, o rosto enérgico... Mas, espere, onde diabos eu tinha visto aquele rosto? Porque não havia dúvida, eu já o tinha visto. Ou melhor, para ser mais preciso, tinha aquele tipo de lembrança de um retrato observado várias vezes, cujo modelo nunca fora visto. E, ao mesmo tempo, sentia que era inútil qualquer esforço para recuperar a lembrança, porque ela era inconsistente e vaga.

Mas, ao olhar para a senhora, fiquei surpreso com sua palidez e com a transformação de suas feições. Ela olhava para o vizinho — eles estavam sentados do mesmo lado — com uma expressão de verdadeiro pavor, e eu percebi que uma de suas mãos trêmulas deslizava na direção de uma pequena bolsa de viagem em cima do banco, a uns vinte centímetros de seus joelhos. Ela finalmente alcançou a bolsa e, nervosa, a puxou para perto.

Nossos olhos se encontraram, e li em seu rosto tão grande inquietação e ansiedade, que não pude deixar de comentar:

— Não está bem, madame? Quer que eu abra esta janela?

Sem responder, ela apontou para o indivíduo com um gesto de medo. Sorri como o marido dela, dei de ombros e expliquei por sinais que ela não tinha nada a temer, que eu estava ali e, além disso, aquele cavalheiro parecia bastante inofensivo.

Naquele momento, ele olhou para nós, primeiro um, depois o outro, nos estudou da cabeça aos pés, depois, se ajeitou em seu canto e ficou quieto.

Houve um silêncio, mas a senhora, como se tivesse reunido todas as energias para realizar algum ato desesperado, disse-me com uma voz quase imperceptível:

— Você sabe que ele está no nosso trem?
— Quem?
— É ele... ele... garanto a você.
— Ele quem?
— Arsène Lupin!

Ela não tirava os olhos do viajante e foi para ele, e não para mim, que pronunciou as sílabas desse nome perturbador.

O homem puxou o chapéu até o nariz. Para esconder sua confusão, ou estava se ajeitando para dormir?

Respondi:

— Arsène Lupin foi condenado ontem, à revelia, a vinte anos de trabalhos forçados. Portanto, é improvável que cometesse a imprudência de aparecer em público hoje. Além disso, os jornais não noticiaram que ele estava na Turquia neste inverno, depois de sua famosa fuga da Santé?

— Ele está neste trem — repetiu a senhora, cuja intenção de ser ouvida por nosso companheiro era cada vez mais evidente —, meu marido é vice-diretor do serviço penitenciário, e foi o próprio comissário da estação que nos contou que eles estavam procurando Arsène Lupin.

— Não é motivo...

— Nós o encontramos no saguão. Ele comprou uma passagem de primeira classe para Rouen.

— Seria fácil pegá-lo.

— Ele desapareceu. O fiscal na entrada das salas de espera não o viu, mas supunha-se que ele tivesse passado pelas plataformas dos trens para os subúrbios e embarcado no expresso que partiria dez minutos depois de nós.

— Nesse caso, já deve ter sido pego.

— E se, no último momento, ele saltasse daquele trem e viesse para cá, para o nosso trem... como é provável... como é certo?

— Nesse caso, é aqui que vai ser capturado. Porque os funcionários e agentes não deixariam de notar a mudança de um trem para outro e, quando chegarmos em Rouen, eles o pegarão.

— Nunca! Ele encontrará uma maneira de escapar novamente.

— Nesse caso, desejo a ele uma boa viagem.

— Mas até então, tudo o que ele pode fazer...

— O quê?

— E eu sei? Espera-se tudo!

Ela estava muito agitada, e, de fato, a situação justificava, em certa medida, essa excitação nervosa. Quase sem querer, disse a ela:

— Existem coincidências curiosas, sim... mas não se preocupe. Mesmo que Arsène Lupin esteja em um desses vagões, vai ficar onde está, evitando arrumar mais problemas, não vai pensar em nada que não seja evitar o perigo que o cerca.

Minhas palavras não a acalmaram. No entanto, ela ficou em silêncio, provavelmente com receio de ser indiscreta.

Abri meu jornal e li as notícias sobre o julgamento de Arsène Lupin. Como não havia nada que já não fosse sabido, só dei uma lida por cima. Além disso, estava cansado, tinha dormido mal, sentia as pálpebras pesadas e a cabeça caindo.

— O senhor não vai dormir!

A mulher arrancou os jornais de minhas mãos e me olhou indignada.

— É claro que não — respondi —, nem estou com vontade.

— Seria o cúmulo da imprudência — ela disse.

— O cúmulo — repeti.

E lutei com determinação, apegando-me à paisagem e às nuvens que traçavam linhas no céu. E logo tudo perdeu a nitidez, a imagem da inquieta senhora e o cavalheiro cochilando desapareceu de minha cabeça, e fui invadido pelo grande e profundo silêncio do sono.

Sonhos inconsistentes e comuns logo o animaram, e neles um homem que desempenhava o papel e usava o nome de Arsène Lupin tinha certo destaque. Ele se movia ao longe, carregava nas costas objetos preciosos, atravessava paredes e derrubava castelos.

Mas a silhueta desse indivíduo, que aliás não era mais Arsène Lupin, foi ficando mais clara. Ele vinha em minha direção, ficava cada vez maior, pulou no vagão com uma agilidade incrível e caiu bem em cima do meu peito.

Uma dor aguda... um grito lancinante... Eu acordei. O homem, o outro passageiro, apertava meu pescoço e mantinha um joelho sobre meu peito.

Vi tudo isso muito vagamente, pois meus olhos estavam injetados. Também vi a senhora se debatendo em um canto, dominada por um ataque de nervos. Nem tentei resistir. Além do mais, nem teria forças: minhas têmporas zumbiam, eu estava sufocando... Gemia... Mais um minuto... e seria a asfixia.

O homem deve ter sentido isso. Ele afrouxou a mão em meu pescoço. Sem se afastar, com a mão direita, esticou uma corda na qual havia preparado um nó de correr e, com um gesto brusco, amarrou meus pulsos. Em um instante, fui amarrado, amordaçado, imobilizado.

E ele fez esse trabalho da maneira mais natural do mundo, com uma facilidade que revelava o conhecimento de um mestre, de um profissional do furto e do crime. Nem uma palavra, nem um movimento agitado. Frieza e ousadia. E lá estava eu, no banco, amarrado como uma múmia, eu, Arsène Lupin!

Na verdade, era motivo de riso. E, apesar da gravidade das circunstâncias, não deixei de perceber como a situação era irônica e interessante. Arsène Lupin dominado como um novato! Roubado como uma criatura comum — pois, é claro, o bandido pegou minha bolsa e a carteira! Arsène Lupin, dessa vez vítima, enganado, derrotado... Que aventura!

Restava a senhora. Ele nem deu muita atenção a ela. Contentou-se em pegar a bolsinha caída no chão e tirar dela as joias, carteira e enfeites de ouro e prata ali guardados. A senhora abriu um olho, estremeceu de pavor, tirou os anéis e entregou-os ao homem como se quisesse poupá-lo de qualquer esforço desnecessário. Ele pegou os anéis e a encarou: ela desmaiou.

Então, ainda calado e quieto, sem olhar para nós novamente, ele voltou ao seu assento, acendeu um cigarro e examinou minuciosamente os tesouros conquistados, uma avaliação que o deixou muito satisfeito, aparentemente.

Eu estava bem menos satisfeito. Não me refiro aos doze mil francos de que fui indevidamente privado:

aceitava essa inconveniência temporariamente e esperava recuperá-los o mais rápido possível, assim como os papéis muito importantes em meu portfólio: planos, orçamentos, endereços, listas de correspondentes, cartas comprometedoras. Mas, no momento, uma preocupação mais imediata e mais séria me incomodava:

O que aconteceria?

Como podemos imaginar, não deixei de notar a confusão provocada por minha passagem pela estação Saint-Lazare. Convidado para ir à casa de amigos que visitava com o nome falso de Guillaume Berlat, e para os quais minha semelhança com Arsène Lupin era motivo de piadas carinhosas, não consegui me recompor como desejava, e minha presença foi anunciada. Além disso, foi visto um homem, Arsène Lupin, sem dúvida, correndo do trem metropolitano para o expresso. Portanto, inevitavelmente, fatalmente, o comissário de polícia de Rouen, avisado por telegrama e com a ajuda de um número considerável de agentes, estaria esperando o trem, interrogaria os passageiros suspeitos e faria uma revista caprichada nos vagões.

Tudo isso eu previa, e não estava muito aflito, pois tinha certeza de que a polícia de Rouen não seria mais perspicaz que a de Paris, e eu poderia passar despercebido — não bastaria mostrar de passagem o cartão de deputado com o qual já havia conquistado a confiança do fiscal da Saint-Lazare? Mas as coisas mudaram! Eu não estava livre. Não poderia tentar um dos meus golpes habituais. Em um dos vagões, o superintendente encontraria o chamado Arsène Lupin, deixado ali com os pés e as mãos amarrados, manso como um cordeiro, totalmente pronto. Ele só teria que recebê-lo, como se recebe uma encomenda enviada em seu nome para a estação, um peso de caça ou uma cesta de frutas e verduras.

E o que eu poderia fazer para evitar esse desfecho infeliz, preso naquelas cordas?

Seguíamos em alta velocidade em direção a Rouen, a única e próxima estação; passamos voando por Vernon, Saint-Pierre.

Outra questão me intrigava, um problema no qual eu tinha menos interesse direto, mas cuja solução provocava minha curiosidade profissional. Quais eram as intenções do meu companheiro?

Se eu estivesse sozinho, teria tempo para desembarcar tranquilamente em Rouen. Mas e a senhora? Assim que a porta se abrisse, ela, que no momento era tão sábia e humilde, gritaria, faria escândalo, pediria socorro!

Era isso que me intrigava! Por que ele não a conteve como fez comigo, se assim teria tido tempo para desaparecer antes que alguém notasse seu crime duplo?

Ele ainda fumava, os olhos fixos no espaço que uma chuva hesitante começava a atravessar com grandes linhas inclinadas. Houve um instante, porém, em que ele se virou, pegou meu guia ferroviário e o consultou.

A mulher tentava continuar desmaiada para tranquilizar o inimigo. Mas os acessos de tosse provocados pela fumaça a desmentiam.

Quanto a mim, estava bem pouco à vontade e muito tenso. E estava pensando... fazendo combinações...

Pont-de-l'Arche, Oissel... O trem avançava depressa, alegre, embriagado de velocidade.

Saint-Étienne... Naquele momento, o homem se levantou e deu dois passos em nossa direção, e a senhora rapidamente reagiu com um novo grito e um desmaio de verdade.

O que ele pretendia? Ele abaixou o vidro do nosso lado. A chuva caía forte e, com um gesto, ele manifestou o aborrecimento por não ter um guarda-chuva nem sobretudo. Ele olhou para o bagageiro: a sombrinha da senhora estava lá. Ele a pegou. Também pegou meu sobretudo e o vestiu.

Estávamos atravessando o Sena. Ele dobrou a bainha da calça, se abaixou e levantou a trava externa.

Ia pular nos trilhos? Naquela velocidade, certamente morreria. Íamos em direção ao túnel sob a Côte Sainte-Catherine. O homem abriu a portinha e, com o pé, testou o primeiro degrau. Que loucura! Escuridão, fumaça, barulho, tudo fazia a tentativa parecer algo fantástico. Mas, de repente, o trem diminuiu a velocidade, os freios Westinghouse se opuseram ao movimento das rodas. Em um minuto a composição alcançou sua velocidade normal, e continuou reduzindo. Certamente havia obras de manutenção naquele trecho do túnel, talvez já há alguns dias, o que exigia que os trens passassem devagar, e o homem sabia disso.

Assim, só precisou apoiar o outro pé no degrau, descer e se afastar tranquilamente, não sem antes puxar a portinha para baixo e fechá-la.

Mal tinha desaparecido, quando a luz do dia tornou a fumaça mais clara. Saímos do túnel em um vale. Mais um túnel, e estaríamos em Rouen.

Imediatamente, a senhora recuperou os sentidos, e a primeira coisa que fez foi lamentar a perda das joias. Eu implorava com meus olhos. Ela entendeu e me libertou da mordaça que estava me sufocando. Também quis me desamarrar, mas não deixei.

— Não, não, a polícia tem que ver a cena como está. Quero que descubram quem é esse canalha.

— E se eu tocar a campainha de emergência?

— Tarde demais, devia ter pensado nisso quando ele me atacou.

— Mas ele teria me matado! Ah! Senhor, eu disse que ele estava neste trem! Eu o reconheci imediatamente pelo retrato. E lá vai ele com minhas joias.

— Vamos encontrá-lo, não se preocupe.

— Encontrar Arsène Lupin! Nunca.

— Depende da senhora. Escute. Quando chegarmos, abra a porta e grite, faça muito barulho. Agentes e funcionários responderão. Então, conte a eles o que viu, a agressão que sofri e a fuga de Arsène Lupin. Descreva-o, chapéu mole, um guarda-chuva — o seu — e um sobretudo cinza com cinto.

— O seu — ela disse.

— Meu? De jeito nenhum, dele. Eu não trouxe nenhum.

— Tive a impressão de que ele também não tinha um casaco quando subiu a escada.

— Sim, sim... a menos que fosse um casaco deixado no bagageiro. Enfim, ele o vestia quando saiu, e isso é o que importa... um sobretudo cinza com cinto, lembre-se disso... Ah! Ia esquecendo... diga seu nome logo de cara. O cargo de seu marido vai provocar esforços de todas essas pessoas.

Estávamos chegando. Ela já se inclinava para a porta. Acrescentei com tom um pouco forte, quase imperioso, de modo que minhas palavras ficassem bem gravadas em seu cérebro.

— Diga também meu nome, Guillaume Berlat. Se for necessário, diga que me conhece... Isso vai ganhar tempo... temos que agilizar a investigação inicial... o importante é que persigam Arsène Lupin... suas joias... Não vai se enganar, vai? Guillaume Berlat, amigo de seu marido.

— Entendi... Guillaume Berlat.

Ela já estava gritando e gesticulando. O trem não havia parado completamente quando um cavalheiro embarcou, seguido por vários homens. A hora crucial se aproximava.

Ofegante, a mulher exclamou:

— Arsène Lupin... ele nos atacou... roubou minhas joias... Eu sou madame Renaud... meu marido é vice-diretor de serviços prisionais... Ah! Aí está justamente meu irmão, Georges Ardelle, diretor do Crédit Rouennais... deve saber...

Ela beijou um rapaz que acabara de se juntar ao grupo e, depois que o superintendente o cumprimentou, continuou em prantos:

— Sim, Arsène Lupin... enquanto o senhor dormia, ele o agarrou pela garganta... Senhor Berlat, um amigo de meu marido.

O comissário perguntou:

— Mas onde está Arsène Lupin?

— Saltou do trem no túnel sob o Sena.

— Tem certeza de que era ele?

— Se tenho certeza! Eu o reconheci perfeitamente. Na verdade, o vimos na estação ferroviária de Saint-Lazare. Ele usava um chapéu mole...

— Não... era um chapéu de feltro como esse — corrigiu o superintendente, apontando para o meu chapéu.

— Um chapéu macio, já disse — repetiu madame Renaud —, e um sobretudo cinza com cinto.

— Verdade — murmurou o superintendente —, o telegrama menciona esse sobretudo cinza com cinto e gola de veludo preto.

— Exatamente, gola de veludo preto — madame Renaud concordou, triunfante.

Respirei aliviado. Ah! Que brava e excelente amiga eu tinha ali!

Os agentes me desamarraram. Mordi o lábio com força até fazer sangrar. Curvado, com o lenço sobre a boca, como convém a um sujeito que passou muito tempo em uma posição incômoda e traz no rosto o rastro de sangue da mordaça, disse ao superintendente com voz fraca:

— Senhor, foi Arsène Lupin, não há dúvida... Podemos alcançá-lo com diligência... Acho que posso ajudar...

O vagão que seria periciado pela justiça foi desatrelado do trem. A composição seguiu para Le Havre. Atravessamos a multidão de curiosos na plataforma e fomos levados ao escritório do chefe da estação.

Nesse momento, hesitei. Eu poderia usar um pretexto qualquer e fugir, pegar meu carro e ir embora. Era perigoso esperar. Se acontecesse alguma coisa, se chegasse um telegrama de Paris, eu estaria perdido.

Sim, mas e meu ladrão? Sozinho em uma região que não conhecia muito bem, eu não tinha muita esperança de encontrá-lo.

"Ah! Vamos tentar", disse a mim mesmo, "e vamos ficar. O jogo é difícil de vencer, mas muito divertido de jogar! E o prêmio compensa".

E quando pediram para repetirmos nossos depoimentos, exclamei:

— Senhor Comissário, Arsène Lupin está escapando. Meu carro está estacionado no pátio. Se fizesse o favor de vir comigo, poderíamos tentar...

O comissário sorriu com astúcia:

— A ideia não é ruim... tanto que já está em execução.

— Ah!

— Sim, senhor, dois dos meus agentes partiram de bicicleta... já faz algum tempo.

— Mas para onde?

— Para a saída do túnel. Lá eles coletarão pistas, depoimentos, e seguirão o rastro de Arsène Lupin.

Dei de ombros.

— Seus dois agentes não vão conseguir nenhuma pista ou depoimento.

— É mesmo?

— Arsène Lupin tem certeza de que ninguém o viu saindo do túnel. Deve ter seguido pela primeira estrada, e de lá...

— E de lá, Rouen, onde vamos pegá-lo.
— Ele não vai para Rouen.
— Então vai ficar nos arredores, onde será ainda mais certo...
— Ele não estará lá.
— Oh! Oh! E onde ele vai se esconder?
Peguei meu relógio.
— No momento, Arsène Lupin está no entorno da estação Darnétal. Às dez e cinquenta, ou seja, dentro de vinte e dois minutos, ele tomará o trem que vai de Rouen, Gare du Nord, a Amiens.
— Acha mesmo? E como sabe disso?
— Oh! É muito simples. Arsène Lupin consultou meu guia ferroviário quando estávamos no vagão. Por quê? Não muito longe de onde ele desapareceu, tem outra linha, uma estação nessa linha e um trem que passa nessa estação? Não. De minha parte, também consultei o indicador. Ele me informou.
— Na verdade, senhor — disse o superintendente —, sua dedução é maravilhosa. Que habilidade!
Levado por minha convicção, cometi um erro ao mostrar tanta habilidade. Ele me olhava espantado, e tive a impressão de que estava desconfiado. Não muito, porque as fotos distribuídas por todos os lados eram muito imperfeitas, mostravam um Arsène Lupin muito diferente daquele que agora estava na frente dele, por isso não me reconheceria. Mesmo assim, estava confuso e preocupado.
Houve um momento de silêncio. Algo ambíguo e incerto nos impedia de falar. Senti num arrepio. A sorte se voltaria contra mim? Eu me controlei e ri.

— Meu Deus, nada favorece mais sua capacidade de compreensão do que perder a carteira e querer recuperá-la. E acredito que, se me ceder dois de seus agentes, eles e eu talvez possamos...

— Oh! Por favor, comissário! — exclamou madame Renaud. — Escute senhor Berlat.

A intervenção de minha excelente amiga foi decisiva. Pronunciado por ela, esposa de uma figura influente, esse nome Berlat se tornava realmente meu e me dava uma identidade acima de qualquer suspeita. O comissário se levantou:

— Eu ficaria muito feliz, senhor Berlat, acredite, se pudesse testemunhar seu sucesso. A prisão de Arsène Lupin me interessa tanto quanto ao senhor.

Ele me acompanhou até o carro. Dois agentes, que ele me apresentou como Honoré Massol e Gaston Delivet, ocuparam seus lugares. Eu sentei ao volante. Meu mecânico girou a manivela. Alguns segundos depois, saímos da estação. Eu estava salvo.

Ah! Admito que, enquanto dirigia pelos bulevares que cercam a velha cidade normanda, avançando com a potência do meu Moreau-Lepton de trinta e cinco cavalos, sentia um certo orgulho. O motor rugia harmoniosamente. À direita e à esquerda, as árvores iam ficando para trás. E agora que estava livre, fora de perigo, só precisava resolver meus pequenos negócios pessoais com a ajuda de dois honestos representantes da segurança pública. Arsène Lupin ia em busca de Arsène Lupin!

Modestos defensores da ordem social, Delivet Gaston e Massol Honoré, como foi importante a ajuda que me deram! O que eu teria feito sem vocês? Sem vocês, em quantos cruzamentos teria escolhido o caminho errado! Sem vocês, um Arsène Lupin estaria perdido, e o outro teria escapado!

Mas as coisas não tinham acabado. Longe disso. Primeiro eu precisava encontrar o sujeito e, imediatamente, recuperar os papéis que ele havia roubado de mim. A qualquer preço, meus dois ajudantes não poderiam meter o nariz naqueles documentos, menos ainda se apropriarem deles. Usá-los e atuar sozinho, longe deles, era isso que eu queria, e não seria fácil.

Chegamos a Darnétal três minutos depois da passagem do trem. É verdade que tive o consolo de saber que um sujeito de sobretudo cinza com cinto e gola de veludo preto havia embarcado em um vagão de segunda classe com uma passagem para Amiens. Definitivamente, minha estreia como policial era promissora.

Delivet me disse:

— Esse trem é expresso, só vai parar em Montérolier-Buchy daqui a dezenove minutos. Se não chegarmos lá antes de Arsène Lupin, ele pode seguir para ou Clères, e depois para Dieppe ou Paris.

— Qual é a distância até Montolier?

— Vinte e três quilômetros.

— Vinte e três quilômetros em dezenove minutos... Vamos chegar lá antes dele.

Essa era a fase emocionante! Nunca meu fiel Moreau-Lepton respondeu à minha impaciência com mais ardor e regularidade. Era como se eu comunicasse minha vontade a ele diretamente, sem o auxílio de alavancas e instrumentos. Ele compartilhava dos meus desejos. Aprovava minha teimosia. Entendia minha hostilidade contra esse canalha do Arsène Lupin. O enganador! O traidor! Eu o derrotaria? Ele jogaria novamente com a autoridade, com essa autoridade que eu personificava?

— Para a direita! — gritou Delivet. — Para a esquerda! Em frente!

Estávamos voando baixo. As placas eram como animais assustados que sumiam quando nos aproximávamos.

E, de repente, em uma curva da estrada, uma coluna de fumaça, o Express du Nord.

Durante um quilômetro, a luta foi equilibrada, progredimos lado a lado, uma luta desigual cujo desfecho era certo. No final, nós o vencemos por 20 corpos.

Em três segundos, chegamos à plataforma, na área da segunda classe. As portas se abriram. Algumas pessoas desembarcavam. Nada do meu ladrão. Inspecionamos os vagões. Nada de Arsène Lupin.

— Maldito! — gritei, — Eles devem ter me reconhecido no carro quando ficamos lado a lado e pulou.

O condutor confirmou minha hipótese. Tinha visto um homem rolando pelo barranco a duzentos metros da estação.

— Ali, ali... tem alguém atravessando a passagem de nível.

Corri, seguido pelos dois ajudantes, ou melhor, seguido por um deles, porque o outro, Massol, era um corredor excepcional e já se afastava em alta velocidade.

Em alguns momentos, a distância que o separava do fugitivo diminuiu de maneira impressionante. O homem o viu, atravessou uma cerca viva e correu para um morro e subiu. Nós o vimos se afastar ainda mais: ele entrava em um pequeno bosque.

Quando chegamos ao bosque, Massol nos esperava. Tinha decidido não se aventurar mais por medo de perder-nos de vista.

— Parabéns, meu caro amigo — disse a ele. — Depois dessa corrida, nosso homem deve estar sem fôlego. Temos essa vantagem.

Examinei os arredores, enquanto pensava nos meios para realizar sozinho a prisão do fugitivo e recuperar o que era meu, o que a justiça, sem dúvida, só teria tolerado depois de muitas investigações desagradáveis. Então, voltei para perto dos meus companheiros.

— Bem, é fácil. Você, Massol, vai pela esquerda. Você, Delivet, pela direita. De seus lugares, vigiem toda a parte de trás do bosque, e ele só vai poder sair sem ser visto, se vier por essa trilha, onde eu estarei. Se ele não sair, eu entro e o empurro para um ou outro. Vocês só precisam esperar. Ah! Esqueci: em caso de emergência, um tiro.

Massol e Delivet se separaram. Assim que eles se afastaram, entrei no bosque tomando todo o cuidado para não ser visto nem ouvido. Eram áreas de vegetação densa, preparadas para a caça e cortadas por trilhas muito estreitas, onde só se podia andar inclinado, como em um túnel de árvores.

Um deles terminava em uma clareira onde a grama molhada era marcada por pegadas. Eu as segui, tomando o cuidado de me locomover protegido pelo mato. Elas me levaram até o sopé de um pequeno morro em cujo cume havia uma cabana em ruínas.

"Ele deve estar aqui", pensei. "É um observatório bem escolhido."

Fui me esgueirando para perto da cabana. Um ruído baixo me avisou de sua presença, e, de fato, por uma abertura, eu o vi de costas.

Dois saltos, e eu estava em cima dele. Ele tentou apontar a arma que estava em sua mão. Não dei a ele tempo para isso, o joguei no chão, de modo que seus dois braços ficaram presos embaixo do corpo, torcidos, e apoiei o joelho sobre seu peito.

— Escute, meu querido — cochichei em seu ouvido. — Eu sou Arsène Lupin. Você vai me devolver agora, e de bom grado, minha carteira e a bolsa da senhora... em troca, tiro você das mãos da polícia e o coloco entre meus amigos. Só quero ouvir uma palavra: sim ou não?

— Sim — ele sussurrou.

— Melhor assim. Seu golpe, hoje cedo, foi muito bem dado. Vamos nos dar muito bem.

Levantei-me. Ele enfiou a mão no bolso, tirou uma grande faca e tentou me acertar com ela.

— Imbecil! — gritei.

Com uma das mãos, me defendi do ataque. Com a outra, acertei um golpe violento em sua carótida. Ele caiu nocauteado.

Encontrei os papéis e o dinheiro na minha carteira. Por curiosidade, peguei a dele. Em um envelope endereçado a ele, li seu nome: Pierre Onfrey.

Eu vacilei. Pierre Onfrey, o assassino da rua Lafontaine, em Auteuil! Pierre Onfrey, aquele que matou a sra. Delbois e suas duas filhas. Inclinei-me sobre ele. Sim, foi aquele rosto que, no vagão de trem, tinha despertado em mim a lembrança de traços vistos anteriormente.

Mas o tempo estava passando. Coloquei no envelope duas notas de duzentos francos e um cartão e estas palavras: "Arsène Lupin para seus bons colegas Honoré Massol e Gaston Delivet, como um sinal de gratidão". Deixei tudo bem à vista no meio da sala. Ao lado, a bolsa de madame Renaud. Não poderia devolvê-la à excelente amiga que me salvou? Confesso, porém, que tirei dela tudo que era interessante, deixando apenas um pente de tartaruga, um batom Dorin vermelho e um porta-moedas vazio. Que diabos! Negócio é negócio. E sério, o marido dela exercia uma profissão tão vergonhosa!

Restava o homem. Ele estava começando a se mexer. O que eu devia fazer? Não estava em posição para salvá-lo, nem para condená-lo.

Peguei suas armas e dei um tiro para o alto.

"Os outros dois virão", pensei, "eles que resolvam! As coisas serão como quiser o destino."

E saí dali correndo.

Vinte minutos depois, uma trilha secundária que eu tinha notado durante a perseguição me levou de volta ao carro.

Às quatro horas, telegrafei para meus amigos em Rouen, informando que um imprevisto me obrigava a adiar a visita. Cá entre nós, receio que, levando em conta o que eles já devem saber sobre mim, terei que adiar esse encontro indefinidamente. Que cruel desilusão deve ser para eles!

Às seis horas, voltei a Paris por Isle-Adam, Enghien e Porte Bineau.

Os jornais noturnos informaram que Pierre Onfrey finalmente tinha sido preso.

No dia seguinte — não se deve menosprezar as vantagens de uma propaganda inteligente —, o *Echo de France* publicou esta matéria sensacional:

> "Ontem, perto de Buchy, depois de vários incidentes, Arsène Lupin prendeu Pierre Onfrey. O assassino da rua Lafontaine acabara de cometer um assalto na linha de Paris para Le Havre, e a vítima era a sra. Renaud, esposa do vice-diretor dos serviços penitenciários. Arsène Lupin devolveu à sra. Renaud a bolsa que continha suas joias e, generosamente, recompensou os dois agentes de segurança que o ajudaram nessa dramática detenção."

O COLAR DA RAINHA

Duas ou três vezes por ano, em ocasiões importantes como os bailes da Embaixada da Áustria, ou as festas de Lady Billingstone, a Condessa de Dreux-Soubise enfeitava o pescoço branco com o "Colar da Rainha".

Era realmente o famoso, o lendário colar que Böhmer e Bassenge, joalheiros da coroa, destinaram ao Du Barry, que o cardeal de Rohan-Soubise decidiu oferecer a Maria Antonieta, rainha da França, e que a aventureira Jeanne de Valois, condessa de La Motte, desmontou em uma noite de fevereiro de 1785 com a ajuda do marido e cúmplice, Rétaux de Villette.

Para dizer a verdade, apenas a estrutura era autêntica. Rétaux de Villette a guardou, enquanto la Motte e a esposa espalharam as pedras removidas brutalmente, as pedras admiráveis escolhidas com tanto cuidado por Böhmer. Mais tarde, na Itália, ele a vendeu a Gaston de Dreux-Soubise, sobrinho e herdeiro do cardeal, salvo por ele da ruína durante a estrondosa falência da Rohan-Guéménée, e que, em memória do tio, comprou os poucos diamantes que ainda restavam com o joalheiro inglês Jefferys, completou o conjunto com outros de muito menor valor, mas de formato e tamanho semelhantes, e conseguiu reconstruir a maravilhosa gargantilha tal qual era ao sair das mãos de Böhmer e Bassenge.

Por quase um século, os Dreux-Soubise se orgulharam da joia histórica. Várias circunstâncias haviam diminuído suas fortunas de maneira notável, mas eles preferiram reduzir os custos domésticos a se desfazer da relíquia real e preciosa. O conde atual, em especial, a valorizava como se valoriza a casa paterna. Para garantir sua segurança, ele alugou um cofre no Crédit Lyonnais para guardá-lo. Ele mesmo ia buscá-lo no fim do dia, se a esposa quisesse usá-lo, e ele mesmo o levava de volta no dia seguinte.

Naquela noite, na recepção do Palácio de Castela, a condessa fez um tremendo sucesso, e o rei Christian, o homenageado pela festa, notou sua magnífica beleza. Joias cobriam o pescoço gracioso. As mil facetas dos diamantes brilhavam e cintilavam como chamas na claridade das luzes. Ninguém além dela, ao que parecia, poderia ostentar com tanta facilidade e nobreza o peso de tal adorno.

Foi um triunfo duplo que o conde de Dreux saboreou intensamente e aplaudiu quando voltaram ao quarto do antigo palacete no Faubourg Saint-Germain. Estava orgulhoso da esposa, e talvez igualmente da joia que conferia prestígio à sua casa por quatro gerações. E sua esposa sentia, com tudo isso, uma vaidade meio infantil, mas que era a marca de seu caráter altivo.

Com algum pesar, ela tirou o colar do pescoço e o entregou ao marido, que o examinou com admiração, como se não o conhecesse. Em seguida, ele o guardou de volta no estojo de couro vermelho com o brasão do Cardeal e se dirigiu a um compartimento anexo, uma espécie de alcova completamente isolada do dormitório, e cuja única entrada ficava ao pé da cama deles. Como das outras vezes, ele o deixou sobre uma prateleira bastante alta, escondido entre caixas de chapéus e pilhas de roupas. Depois, fechou a porta e se despiu.

Pela manhã, ele se levantou por volta das nove horas com a intenção de ir, antes do almoço, ao Credit Lyonnais. Ele se vestiu, bebeu uma xícara de café e foi ao estábulo. Lá deu algumas ordens. Um dos cavalos o preocupava. Ele o fez andar e trotar no pátio. Depois, voltou para a casa e procurou a esposa.

Ela não havia saído do quarto e estava arrumando o cabelo com a ajuda de uma criada. Ela perguntou:

— Vai sair?

— Sim... tenho aquele compromisso...

— Ah! É verdade... é mais prudente...

Ele entrou na pequena alcova. Mas, depois de alguns segundos, ainda sem dar nenhum sinal de alarme, perguntou:

— Você pegou, querida?

Ela respondeu:

— Como? De jeito nenhum, não peguei nada.

— Mexeu aqui?

— Não. Nem abri essa porta.

Ele voltou ao quarto e, alterado, gaguejou em um tom quase inaudível:

— Não mexeu...? Não foi você...? Então...

Ela se aproximou, e os dois procuraram aflitos, jogando as caixas no chão e derrubando as pilhas de roupa suja. E o conde repetia:

— É inútil... tudo que fazemos é inútil... É aqui, neste lugar, nesta prateleira que o guardo.

— Pode ter se enganado.

— Estava ali, naquela prateleira, não em outra.

Eles acenderam uma vela, porque o gabinete estava bem escuro, e retiraram toda a roupa e todos os objetos que cobriam a caixa. E quando não havia mais nada no armário, tiveram que reconhecer, com desespero, que o famoso "Colar da Rainha" havia sumido.

De natureza determinada, a condessa não perdeu tempo se lamentando em vão e informou o comissário senhor Valorbe, cujo espírito sagaz e clarividência eles já tiveram oportunidade de testemunhar. Ele foi informado de todos os detalhes e imediatamente perguntou:

— Tem certeza, senhor le Comte, de que ninguém conseguiu atravessar seu quarto à noite?

— Certeza absoluta. Tenho o sono muito leve. E mais: a porta deste quarto estava trancada. Tive que remover o ferrolho hoje cedo, quando minha esposa chamou a criada.

— E não há nenhuma outra passagem por onde se possa entrar no gabinete?

— Não.

— Não tem janela?

— Tem, mas está travada.

— Eu gostaria de verificar...

Velas foram acesas, e senhor Valorbe percebeu imediatamente que a janela só estava bloqueada até a metade de sua altura por um baú que, aliás, não chegava a bloquear os caixilhos.

— Mas encosta neles — disse o sr. de Dreux — o suficiente para não ser possível tirá-lo do lugar sem fazer muito barulho.

— E para onde dá esta janela?

— Para um pequeno pátio interno.

— E ainda tem um andar acima de nós?

— Dois, mas, no andar dos criados, o pátio é cercado por uma grade de malha fina. É por isso que temos tão pouca luz do dia.

Além disso, quando empurramos a arca para o lado, notamos que a janela estava fechada, o que não aconteceria, se alguém tivesse entrado por ela.

— A menos — o conde apontou — que alguém tenha saído de nosso quarto.

— Nesse caso, você não teria encontrado a porta com o ferrolho abaixado.

O comissário pensou por um momento, depois olhou para a condessa:

— Alguém da criadagem sabia, senhora, que pretendia usar esse colar na noite passada?

— Decerto não fiz segredo. Mas ninguém sabia que o mantínhamos trancado no gabinete.

— Ninguém?

— Ninguém... a menos que...

— Por favor, senhora, seja clara. Este é um ponto dos mais importantes.

Ela se dirigiu ao marido:

— Eu estava pensando em Henriette.

— Henriette? Ela é como os outros, também não sabe nada disso.

— Tem certeza?

— Quem é essa mulher, senhora? — perguntou senhor Valorbe.

— Uma amiga de convento que brigou com a família para se casar com um homem da classe trabalhadora. Quando o marido dela morreu, eu a abriguei aqui com o filho e mobiliei um apartamento para eles aqui no palacete. — E acrescentou com algum constrangimento: — Ela me presta alguns serviços. Tem mãos muito habilidosas.

— Em que andar ela mora?

— Neste mesmo, não muito longe de nós... no final do corredor... E estou aqui pensando... a janela da cozinha dela...

— Abre para este pátio, não é?

— Sim, bem na nossa frente.

Um silêncio breve seguiu essa declaração.

Em seguida, senhor Valorbe pediu para falar com Henriette.

Eles a encontraram costurando, enquanto seu filho Raoul, uma criança de seis ou sete anos, lia a seu lado. Muito espantado com o apartamento miserável que havia sido preparado para ela e que era composto apenas por uma sala sem lareira e uma saleta que servia de cozinha, o comissário a interrogou. Ela se mostrou aborrecida ao saber do roubo. Na noite anterior, ela mesma vestira a condessa e colocara a joia em seu pescoço.

— Meu Deus! — exclamou. — Quem iria pensar em uma coisa dessas?

— E você não tem ideia? Não duvida de ninguém? É possível que o culpado tenha passado pelo seu quarto.

Ela riu com vontade, incapaz de imaginar que poderia ser objeto de alguma suspeita:

— Mas eu não saí do meu quarto! Nunca saio. Então não vê?

Ela abriu a janela do cubículo.

— Veja, daqui até o outro lado são três metros.

— Mas quem disse que estamos considerando a hipótese de o ladrão ter vindo de lá?

— Mas... o colar não estava no gabinete?

— Como você sabe?

— Senhora, sempre soube que guardavam o colar lá à noite... sempre conversaram na minha frente...

Seu rosto, ainda jovem, mas marcado pela dor, revelava muita gentileza e resignação. No entanto, quando o silêncio se prolongou, surgiu nele repentinamente uma expressão de angústia, como se um perigo a ameaçasse. Ela puxou o filho para perto. A criança segurou sua mão e a beijou com ternura.

— Não imagino — disse o sr. de Dreux ao comissário quando eles ficaram sozinhos —, não creio que esteja desconfiando dela. Eu respondo por ela. A mulher é a personificação da honestidade.

— Oh! Estou totalmente de acordo com o senhor — afirmou senhor Valorbe. — No máximo, considerei uma cumplicidade inconsciente. Mas reconheço que essa hipótese deve ser abandonada... especialmente porque não resolve o problema que enfrentamos.

O comissário não insistiu mais na investigação, a qual o juiz de instrução retomou e concluiu nos dias seguintes. Interrogaram os criados, verificaram o estado da fechadura, fizeram testes e experiências de fechamento e abertura da janela do gabinete, examinaram o pátio de cima a baixo... Tudo em vão. A fechadura estava intacta. A janela não podia ter sido aberta ou fechada pelo lado de fora.

Mais especificamente, a investigação se concentrou em Henriette, pois, apesar de tudo, sempre voltavam a essa hipótese. Eles vasculharam sua vida minuciosamente e descobriram que, durante três anos, ela havia saído do palacete apenas quatro vezes, e as quatro vezes para cumprir tarefas que poderiam ser confirmadas. Na verdade, ela fazia as vezes de criada doméstica e costureira de madame de Dreux, que a tratava com um rigor que todas as criadas confirmaram em depoimentos sigilosos.

— Além do mais — disse o juiz de instrução, que, depois de uma semana, chegou às mesmas conclusões do comissário —, supondo que descobríssemos o culpado, e não estamos nem perto disso, não saberíamos mais do que sabemos agora sobre como o roubo foi cometido. Estamos impedidos à direita e à esquerda por dois obstáculos: uma porta e uma janela fechadas. É um mistério duplo! Como a pessoa entrou e como, o que é muito mais complicado, conseguiu sair deixando para trás uma porta trancada e uma janela fechada?

Depois de quatro meses de investigações, a hipótese secreta do juiz era esta: o senhor e a senhora de Dreux, pressionados pelas necessidades financeiras, que, na verdade, eram bem grandes, venderam o Colar da Rainha. E com isso, ele encerrou o caso.

O roubo da joia preciosa foi um duro golpe para os Dreux-Soubise, que ostentaram essas cicatrizes por muito tempo. Agora que não tinham mais o tesouro para servir de garantia para crédito, eles se viram assediados por credores mais exigentes e financiadores menos favoráveis. Tiveram que economizar, alienar, hipotecar. Resumindo, essa teria sido sua ruína, se duas grandes heranças de parentes distantes não os tivessem salvado.

Eles também sofreram um golpe no orgulho, como se tivessem perdido grande parte da nobreza. E, estranhamente, foi a ex-amiga do colégio interno que a condessa atacou. Ela sentia um rancor verdadeiro contra ela e a acusava abertamente. A princípio, a relegou ao andar dos criados, depois foi posta para fora da noite para o dia.

E a vida seguiu sem eventos notáveis. Eles viajaram muito.

Apenas um fato é digno de nota naquele período. Poucos meses depois da partida de Henriette, a condessa recebeu dela uma carta que a encheu de espanto:

> "Senhora:
>
> "Não sei como agradecer. Porque foi a senhora, pois não, quem mandou isso para mim? Só pode ter sido. Ninguém mais sabe sobre eu ter me retirado para este pequeno vilarejo. Se eu estiver errada, peço que me desculpe e, pelo menos, guarde a expressão de minha gratidão por sua gentileza no passado..."

O que significava aquilo? As gentilezas da condessa para com ela, fossem no passado ou no presente, eram só um amontoado de injustiças. Por que toda essa gratidão?

Convocada a se explicar, ela respondeu que havia recebido pelo correio, em envelope não registrado e sem carimbos, duas notas de mil francos. O envelope, que ela anexou à resposta, tinha um selo de Paris e seu endereço escrito com uma caligrafia visivelmente alterada para fins de disfarce.

De onde saíram aqueles dois mil francos? Quem os enviou? A Justiça queria investigar. Mas que pistas poderia seguir, se estava completamente no escuro?

E o mesmo fato se repetiu doze meses depois. E uma terceira vez; e uma quarta vez; e todos os anos durante seis anos, com uma diferença: no quinto e no sexto anos o valor dobrou, o que permitiu que Henriette, que havia adoecido de repente, tivesse os cuidados médicos adequados.

Outra diferença: depois que o correio reteve uma das cartas por falta de carimbo, as duas últimas foram enviadas de acordo com o regulamento, a primeira de

Saint-Germain, a outra de Suresnes. O remetente assinou Anquety na primeira carta, depois Péchard. Os endereços nos envelopes não existiam.

Depois de seis anos, Henriette morreu. O enigma permanecia sem solução.

❧

Todos esses acontecimentos são conhecidos. O caso mobilizou a opinião pública, e era estranho que o destino desse colar, depois de ter agitado a França no final do século XVIII, ainda despertasse tanta emoção um século depois. Mas o que estou prestes a contar é ignorado por todos, exceto pelos principais interessados e por algumas pessoas a quem o conde pediu sigilo absoluto. Como é provável que algum dia essas pessoas acabem falando, não tenho receio de rasgar o véu e assim revelar, junto com a solução do enigma, a explicação da carta publicada pelos jornais na manhã de antes de ontem, uma carta extraordinária que acrescentou, se é que é possível, um pouco mais de sombra e mistério à obscuridade desse drama.

Faz cinco dias. Entre os convidados que almoçavam na casa do sr. de Dreux-Soubise estavam suas duas sobrinhas e uma prima e, entre os homens, o presidente de Essaville, o deputado Bochas, o cavaleiro Floriani, que o conde conhecera na Sicília, e o general marquês de Rouzières, um velho amigo do grupo.

Depois da refeição, as mulheres serviram café, e os homens puderam fumar um cigarro, desde que não saíssem da sala. Todos conversavam. Uma das moças se divertia fingindo ler cartas e fazer adivinhações. Depois, passaram a falar de crimes famosos. E foi nesse contexto que o sr. de Rouzières, que nunca perdia uma oportunidade de provocar o conde, recordou a aventura do colar, assunto ao qual o sr. de Dreux tinha verdadeiro horror.

Todos imediatamente deram sua opinião. Cada um lembrou a história à sua maneira. E, é claro, todas as hipóteses se contradiziam, todas igualmente inadmissíveis.

— E o senhor — perguntou a condessa ao cavaleiro Floriani —, qual é sua opinião?

— Oh! Não tenho opinião, madame.

Todos protestaram. Esse mesmo cavaleiro acabara de narrar, de maneira brilhante, várias aventuras em que se envolvera com o pai, magistrado de Palermo, e nas quais tinha demonstrado interesse e boa capacidade de julgamento nessas questões.

— Reconheço — disse ele — que tive sucesso em questões das quais pessoas mais inteligentes desistiram. Mas daí a me considerar um Sherlock Holmes... Além do mais, mal conheço a história.

Os presentes olharam para o dono da casa. Relutante, ele teve que resumir os fatos. O cavaleiro ouviu, refletiu, fez algumas perguntas e disse em voz baixa:

— É engraçado... à primeira vista, não parece tão difícil de esclarecer.

O conde deu de ombros. Mas as outras pessoas se reuniram em torno do cavaleiro, e ele retomou o discurso com um tom um tanto dogmático:

— De maneira geral, para identificar o autor de um crime ou furto, é necessário determinar como o crime ou furto foi cometido, ou, pelo menos, como poderia ter sido cometido. No caso em discussão, nada é mais simples, a meu ver, porque nos deparamos, não com várias hipóteses, mas com uma certeza, uma única e rigorosa certeza, que se coloca da seguinte maneira: o indivíduo só poderia ter entrado pela porta do quarto ou pela janela do gabinete. No entanto, não se abre uma porta trancada pelo lado de fora. Então, ele entrou pela janela.

— Estava fechada e continuava fechada quando olhamos — declarou senhor de Dreux, sem hesitar.

— Para isso — Floriani continuou, como se não tivesse sido interrompido —, bastava instalar uma ponte, tábua ou escada entre a varanda da cozinha e o peitoril da janela, e assim que a caixa....

— Mas já disse que a janela estava fechada! — o conde interferiu, impaciente.

Dessa vez, Floriani teve que responder. E respondeu com a maior tranquilidade, como um homem que não se perturba com uma objeção tão insignificante.

— Acredito que estava, sim, mas não tem um vitrô?

— Como sabe disso?

— Em primeiro lugar, eles são quase uma regra nas construções dessa época. E só pode ser isso, caso contrário, o roubo é inexplicável.

— Sim, existe um vitrô, mas estava fechado, como a janela. Nós nem prestamos atenção nisso.

— O que foi um erro. Porque se tivessem sido cuidadosos, teriam visto que, evidentemente, ele foi aberto.

— E como?

— Suponho que, como todos os outros, ele é movimentado por meio de uma corrente de ferro com um anel na extremidade inferior?

— Sim.

— E esse anel fica entre a janela e o baú?

— Sim, mas não entendo...

— É isso. Através de uma abertura entre os ladrilhos, é possível, usando uma ferramenta qualquer, introduzir uma barra de ferro munida de um gancho, encaixar o gancho no anel, puxar e abrir o vitrô.

O conde debochou:

— Perfeito! Perfeito! Você explica tudo com facilidade! Só se esquece de uma coisa, caro senhor: não há nenhuma abertura entre os ladrilhos.

— Tem uma abertura.

— Francamente! Nós teríamos visto isso.

— Para ver, vocês teriam que ter olhado, e não olharam. A abertura existe, é simplesmente impossível que ela não exista, ao longo dos ladrilhos, no reboco, no sentido vertical, claro...

O conde se levantou. Parecia muito agitado. Ele andou de um lado para o outro na sala, duas ou três vezes, com passos nervosos, depois se aproximou de Floriani e disse:

— Nada foi alterado lá desde aquele dia... ninguém colocou os pés naquele gabinete.

— Nesse caso, senhor, fique à vontade para verificar se minha explicação está de acordo com a realidade.

— Não está de acordo com nenhum dos fatos apurados pela justiça. Você não viu nada, não sabe nada e está indo contra tudo o que vimos e tudo o que sabemos.

Floriani parecia não notar a irritação do conde e disse com um sorriso:

— Meu Deus, senhor, estou tentando ver com clareza, isso é tudo. Se estou errado, prove que estou errado.

— Sem mais delongas... aviso que essa sua confiança não vai...

O sr. de Dreux resmungou mais algumas palavras e, de repente, dirigiu-se à porta e saiu.

Nenhuma palavra foi dita. Todos ficaram esperando ansiosos, como se realmente alguma parte da verdade estivesse para ser revelada. E o silêncio transmitia uma extrema gravidade.

Finalmente, o conde apareceu na porta. Estava pálido e muito agitado. Ele disse aos amigos com voz trêmula:

— Peço que me desculpem... As revelações de senhor foram tão inesperadas... Eu nunca teria imaginado...

Sua esposa perguntou, aflita:

— Fale... por favor... qual é o problema?

Ele gaguejou:

— A abertura existe... no local indicado... entre os ladrilhos...

Com um movimento brusco, ele agarrou o braço do cavaleiro e exigiu com autoridade:

— E agora, senhor, continue... reconheço que está certo sobre o que falou até agora, mas... não acabou... responda... o que acha que aconteceu?

Floriani se afastou lentamente e, depois de um momento, disse:

— Bem, na minha opinião, o que aconteceu foi isto: O indivíduo, sabendo que madame de Dreux iria ao baile com o colar, improvisou a ponte em sua ausência. Pela janela, ele o observou e viu onde escondeu a joia. Assim que o senhor saiu, ele usou a abertura e puxou o anel.

— Certo, mas a distância é muito grande para que ele alcançasse a trave da janela através do vitrô.

— Se ele não conseguiu abrir, então entrou pelo próprio vitrô.

— Impossível; não existe um homem magro o suficiente para entrar por ali.

— Então, não é um homem.

— Como assim?

— Claro. Se a passagem é estreita demais para um homem, deve ser uma criança.

— Uma criança!

— Você não me disse que sua amiga Henriette tinha um filho?

— De fato... um filho chamado Raoul.

— É muito provável que tenha sido esse Raoul o autor do roubo.

— Que provas tem disso?

— Que provas! Não faltam provas. Veja, por exemplo...

Ele ficou em silêncio, pensou por alguns segundos. Depois continuou:

— Veja, por exemplo, a ponte, não dá para acreditar que a criança a trouxe de fora e a posicionou sem ninguém notar. O menino deve ter usado o que estava disponível. No cubículo onde Henriette cozinhava, não havia prateleiras suspensas na parede para acomodar as panelas?

— Duas, se não me engano.

— Precisamos verificar se essas tábuas estão realmente fixadas às ripas de madeira que as sustentam. Caso contrário, poderíamos pensar que a criança as removeu e depois uniu uma à outra. E como havia um fogão, talvez possamos encontrar o gancho do forno que ele usou para abrir o vitrô.

Sem dizer uma palavra, o conde saiu da sala, e dessa vez, os outros nem sentiram aquela pequena ansiedade do inusitado que sentiram da primeira vez. Eles sabiam, sabiam sem nenhuma dúvida, que as previsões de Floriani estavam corretas. Esse homem transmitia uma impressão de certeza tão absoluta, que era ouvido, não como alguém que deduzia fatos sucessivos, mas como alguém que relatava fatos que podiam ser comprovados sucessivamente.

E ninguém se surpreendeu quando, ao voltar, o conde declarou:

— Foi a criança, mesmo, tudo comprova.

— Verificou as tábuas... o gancho?

— Eu vi... as tábuas foram removidas... o gancho ainda está lá.

Mas madame de Dreux-Soubise exclamou:

— Foi ele... Você quer dizer que foi a mãe dele. Henriette é a única culpada. Ela induziu o filho...

— Não — disse o cavaleiro —, a mãe não tem nada a ver com isso.

— Por favor! Eles viviam no mesmo quarto, a criança não poderia ter agido sem o conhecimento de Henriette.

— Eles moravam no mesmo quarto, mas tudo acontecia no quarto ao lado, e à noite, enquanto a mãe dormia.

— E quanto ao colar? — perguntou o conde. — Teria sido encontrado entre as coisas da criança.

— De jeito nenhum! Ele sempre saía. Na manhã em que o senhor o pegou na frente de sua escrivaninha, ele voltava da escola, e talvez a justiça, em vez de esgotar seus recursos investigando a mãe inocente, tivesse obtido melhores resultados, procurando embaixo da carteira do menino, entre seus livros de escola.

— Muito bem, mas esses dois mil francos que Henriette recebia todos os anos, esse dinheiro não é a melhor prova de sua cumplicidade?

— Se fosse cúmplice, ela teria agradecido por esse dinheiro? Além disso, ela não era vigiada? Enquanto isso, a criança estava livre, sem nenhuma dificuldade que a impedisse de correr até a cidade vizinha, falar com qualquer receptador e dar a ele um diamante, dois diamantes, se fosse o caso, por um valor baixo... a única condição era que o dinheiro fosse enviado de Paris, e assim, a transação poderia se repetir no ano seguinte.

Uma inquietação indefinível oprimia os Dreux--Soubises e seus convidados. Havia realmente no tom de Floriani, em sua atitude, algo mais do que aquela certeza que, desde o início, incomodava tanto o conde. Havia algo que sugeria ironia, e era uma ironia que parecia mais hostil do que simpática e amigável, como teria sido apropriado.

O conde forçou uma risada.

— Tudo isso é de um brilhantismo que me encanta, meus cumprimentos. Que imaginação brilhante!

— Não, não! — exclamou Floriani com um ar mais sério. — Não é imaginação. Refiro-me a circunstâncias que aconteceram exatamente como as descrevi.

— O que sabe?

— O que o senhor mesmo me contou. Imagino a vida da mãe e do filho, ali, naquele pequeno vilarejo, a mãe que adoece, os truques e as invenções do pequenino para vender as joias e salvar a mãe, ou pelo menos suavizar seus últimos momentos. O mal vence. Ela morre. Os anos passam. A criança cresce, torna-se homem. E então — e desta vez estou disposto a admitir que dou asas à minha imaginação —, vamos supor que esse homem sinta a necessidade de voltar aos lugares onde viveu sua infância, revê-los, encontrar aqueles que suspeitaram de sua mãe, que a acusaram... Conseguem imaginar como seria interessante e comovente que esse encontro ocorresse na velha casa onde todo o drama aconteceu?

Suas palavras ecoaram por alguns segundos no silêncio tenso, e no rosto de Senhor e Senhora de Dreux via-se um esforço desesperado para compreender a angústia de compreensão. O conde sussurrou:

— Quem é o senhor?

— Eu? Sou o cavaleiro Floriani que o senhor conheceu em Palermo e que teve a gentileza de convidá-lo várias vezes para sua casa.

— Então, o que essa história significa?

— Oh! Absolutamente nada! É só uma simples brincadeira. Tento imaginar a alegria que o filho de Henriette, se é que ele ainda existe, sentiria ao dizer a vocês que ele era o único culpado, e que fez tudo aquilo, porque sua mãe estava infeliz, depois de ter perdido o lugar de... empregada na casa onde vivia, e porque a criança sofria ao ver a mãe infeliz.

Ele falava com emoção contida, meio inclinado em direção à condessa. Não podia restar nenhuma dúvida. Cavaleiro Floriani não era outro senão o filho de Henriette. Tudo em sua atitude, em suas palavras, o identificava. Além disso, não era sua intenção óbvia, seu desejo, ser reconhecido?

O conde hesitou. Como reagir diante de alguém tão ousado? Delatar? Fazer um escândalo? Desmascarar aquele que o roubou no passado? Mas foi há tanto tempo! E quem poderia admitir essa história absurda de uma criança culpada de um roubo? Não, era melhor aceitar a situação, fingir que não compreendia seu verdadeiro significado. E o conde, aproximando-se de Floriani, exclamou animado:

— Muito engraçado, muito curioso o seu romance. Juro, estou fascinado. Mas, na sua opinião, o que aconteceu com esse bom rapaz, esse modelo de filho? Suponho que ele não tenha parado por aí.

— Oh! claro que não.

— Claro! Depois de um começo como esse! Apoderar-se do Colar da Rainha aos seis anos, o famoso colar que Maria Antonieta cobiçava!

— E apoderar-se dele — observou Floriani, entrando no jogo do conde — sem nenhum incômodo, sem que ninguém tivesse a ideia de examinar a condição dos ladrilhos ou percebesse que o peitoril da janela estava limpo demais onde ele o limpou para apagar os rastros de sua passagem na poeira espessa... Admita que havia ali algo interessante o bastante para virar a cabeça de um garoto daquela idade. Então, é fácil assim? Era só querer, estender a mão e pegar? Ah, ele quis...

— E estendeu a mão.

— As duas mãos — o cavaleiro confirmou rindo.

Todos estavam impressionados. Que mistério escondia a vida desse homem chamado Floriani? Que extraordinária devia ter sido a existência desse aventureiro, um ladrão brilhante aos seis anos de idade e que, hoje, pelo requinte de um diletante em busca de emoção, ou no máximo para satisfazer seu ressentimento, ia enfrentar sua vítima na casa dela com ousadia, loucura e, ainda assim, com toda a correção de uma galante visita.

Ele se levantou e se dirigiu à condessa para se despedir. Ela recuou. Ele sorriu.

— Oh! Senhora, está com medo! Então, será que levei minha pequena comédia longe demais?

Ela se controlou e respondeu com a mesma desinibição debochada:

— De maneira nenhuma, senhor. Pelo contrário, a anedota desse bom filho me interessou muito, e fico feliz que meu colar tenha tido um destino tão brilhante.

Mas não acha que o filho dessa... mulher, essa Henriette, seguiu, sobretudo, sua vocação?

Ele estremeceu, sentindo a ofensa velada, e respondeu:

— Tenho certeza disso, e essa vocação precisava ser séria para que a criança não se deixasse dissuadir.

— Como assim?

— Bem, como sabe, a maioria das pedras era falsa. Os únicos poucos diamantes verdadeiros eram os que foram comprados do joalheiro inglês, os outros foram vendidos, um a um, de acordo com as duras necessidades da vida.

— Ainda era o Colar da Rainha, senhor — retrucou a condessa com altivez —, e isso, me parece, é o que o filho de Henriette não conseguiu entender.

— Ele deve ter entendido, madame, que, falso ou verdadeiro, o colar era, acima de tudo, um objeto para exibição, um emblema.

M. de Dreux fez menção de reagir. A esposa se antecipou.

— Senhor — disse ela —, se o homem a quem se refere tem um pingo de vergonha...

Ela fez uma pausa, intimidada pelo olhar calmo de Floriani.

Ele repetiu:

— Se esse homem tem um pingo de vergonha...

Ela sentiu que não ganharia nada falando com ele dessa maneira e, apesar de si mesma, apesar da raiva e da indignação, do tremor provocado pela humilhação, disse com tom quase polido:

— Senhor, diz a lenda que Rétaux de Villette, quando tinha o Colar da Rainha nas mãos e removeu dele todos os diamantes com Jeanne de Valois, não se atreveu a tocar na estrutura. Ele entendia que os diamantes eram apenas o ornamento, apenas o acessório, mas que a estrutura era a obra essencial, a criação do artista, e ele respeitou isso. Acha que esse homem também teve esse entendimento?

— Não tenho dúvidas de que a estrutura ainda existe. A criança a respeitou.

— Bem, senhor, se por acaso o conhecer, diga a ele que conserva injustamente uma dessas relíquias que são propriedade e orgulho de certas famílias, e que as pedras foram removidas sem que o Colar da Rainha deixasse de ser propriedade da casa Dreux-Soubise. É nosso como nosso nome, como nossa honra.

O cavaleiro respondeu simplesmente:
— Direi a ele, madame.

Ele se curvou diante dela, curvou-se para o conde, curvou-se para cada um dos convidados, depois saiu.

❧

Quatro dias depois, madame de Dreux encontrou na mesa de seu quarto uma caixa de couro vermelho com o brasão do cardeal. Ela a abriu. Era o Colar da Rainha.

Mas como tudo na vida de um homem preocupado com a unidade e a lógica deve operar para o mesmo fim — e um pouco de publicidade não faz mal a ninguém —, no dia seguinte o *Echo de France* publicou estas linhas sensacionais:

"O Colar da Rainha, a famosa joia histórica, anteriormente roubada da família Dreux-Soubise, foi encontrado por Arsène Lupin. Arsène Lupin se apressou em devolvê-lo aos legítimos proprietários. Só podemos aplaudir esse gesto delicado de atenção e cavalheirismo."

O SETE DE COPAS

Uma pergunta se impõe, e ela me é feita com frequência: como conheci Arsène Lupin?

Ninguém duvida de que o conheço. Os detalhes que coleciono sobre esse homem intrigante, os fatos irrefutáveis que exponho, as novas provas que trago, a interpretação que dou a certas atitudes das quais se viu apenas as manifestações externas, sem se aprofundar em suas razões secretas ou em seu mecanismo invisível, tudo isso prova, senão uma intimidade, que a própria existência de Lupin tornaria impossível, ao menos uma relação de amizade e confidências constantes.

Mas como o conheci? De onde vem o privilégio de conhecer sua história? Por que eu e não outro?

A resposta é simples: só o acaso comandou uma escolha que nada tem a ver com meu mérito. Foi o acaso que me colocou no caminho dele. Foi por acaso que me envolvi em uma de suas aventuras mais estranhas e misteriosas e, finalmente, por acaso fui ator de um drama do qual ele foi o maravilhoso diretor, um drama obscuro e complexo, com tantas voltas e reviravoltas que fico até um pouco constrangido na hora de contar essa história.

O primeiro ato se passa naquela famosa noite de 22 para 23 de junho, sobre a qual tanto falamos. E, de minha parte, vou logo dizendo, atribuo meu comportamento bastante incomum naquela ocasião ao estado de espírito muito especial em que me encontrava ao voltar para casa. Jantara com amigos no restaurante Cascade e, durante toda a noite, enquanto fumávamos e a orquestra cigana tocava valsas melancólicas, só conversamos sobre crimes e furtos, intrigas assustadoras e sombrias. Essa é sempre uma maneira inadequada de se preparar para dormir.

Os Saint-Martins foram embora. Jean Daspry, o encantador e despreocupado Daspry que, seis meses depois, seria tão tragicamente morto na fronteira com o Marrocos, Jean Daspry e eu voltamos a pé na noite escura e quente. Quando chegamos em frente ao pequeno palacete em que morei durante um ano em Neuilly, no Boulevard Maillot, ele me disse:

— Você nunca tem medo?

— Que ideia!

— Senhor, esta residência é tão isolada! Sem vizinhos... terrenos baldios... Francamente, não sou nenhum covarde, no entanto...

— Ora, você está brincando!

— De jeito nenhum! Os Saint-Martins me impressionaram com aquelas histórias de bandidos.

Ele se despediu com um aperto de mão e partiu. Peguei minha chave e abri a porta.

— Veja só! — resmunguei. — Antoine se esqueceu de acender uma vela para mim.

E, de repente, lembrei: Antoine não estava em casa, eu havia dado folga a ele.

Imediatamente, a escuridão e o silêncio me incomodaram. Subi tateando no escuro até meu quarto, o mais rápido possível, e assim que entrei, contrariando um hábito, girei a chave e tranquei a porta.

A chama da vela me devolveu o equilíbrio. Mesmo assim, tive o cuidado de tirar meu revólver da caixa, um revólver grande e de longo alcance, e o deixei ao lado da cama. Essa precaução me deu segurança. Fui para a cama e, como de costume, antes de dormir, peguei de cima do criado-mudo o livro que todas as noites estava ali me esperando.

E tive uma grande surpresa. No lugar do abridor de cartas que usei para marcar a página lida no dia anterior, havia agora um envelope lacrado com cinco selos de cera vermelha. Eu o peguei, nervoso. No destinatário havia meu nome e endereço e, na linha de baixo, a palavra "Urgente".

Uma carta! Uma carta endereçada a mim! Quem poderia ter posto o envelope ali? Um pouco aflito, rasguei o envelope e li:

"A partir do momento em que você abrir esta carta, aconteça o que acontecer, independentemente do que ouvir, não se mexa, não faça nenhum movimento, não grite. Caso contrário, você estará perdido."

Também não sou covarde e, tanto quanto qualquer outro, sei enfrentar o perigo real ou rir dos perigos inventados que assustam nossa imaginação. Mas, repito, eu me encontrava em estado de ânimo incomum, mais fácil de impressionar, com os nervos à flor da pele. Além disso, não havia algo de perturbador e inexplicável em tudo isso, algo que teria abalado até os mais corajosos?

Meus dedos tensos seguravam a folha de papel, e meus olhos releram as frases ameaçadoras: "Não faça um gesto... não grite... do contrário, você estará perdido..."! Eu pensei: "Isso é uma piada, uma brincadeira boba".

Estava a ponto de dar risada, queria mesmo rir alto. Quem me impediria? Que medo era esse que me apertava a garganta?

Poderia apagar a vela, pelo menos. Não, não poderia. "Nenhum movimento, ou você estará perdido", estava escrito.

Mas por que lutar contra esse tipo de autossugestão, muitas vezes mais convincente do que os fatos mais precisos? Era só fechar os olhos. E eu fechei os meus.

Ao mesmo tempo, um ruído interrompeu o silêncio, seguido de estalos. E tive a impressão de que os barulhos vinham de um cômodo adjacente onde eu havia montado meu escritório, e do qual estava separado apenas pela antessala.

A proximidade do perigo real me deixou muito agitado, e achei que ia me levantar, pegar minha arma e correr para esse aposento. Mas não me levantei: à minha frente, uma das cortinas da janela à esquerda havia se movido.

Não havia nenhuma possibilidade de dúvida: a cortina tinha se mexido. E ainda estava se mexendo! E eu vi, ah! Eu vi nitidamente entre as cortinas e a janela, naquele espaço muito estreito, uma silhueta humana cujo volume modificava o caimento do tecido.

E a criatura também me via, eu tinha certeza de que quem estava ali me via através da malha muito larga do tecido. Então, entendi tudo. Enquanto os outros carregavam o produto do roubo, sua missão era me manter longe da cena. Levantar? Pegar uma arma? Impossível... ele estava lá! Ao menor gesto, ao menor grito, eu estaria perdido.

Um baque violento sacudiu a casa, seguidos de pequenas pancadas agrupadas em duas ou três, como de um martelo batendo em pregos e ricocheteando. Ou foi o que imaginei, pelo menos, na confusão do meu cérebro. E outros ruídos se atropelavam, um verdadeiro alvoroço que provava que os invasores não temiam sem interrompidos e agiam com total segurança.

E estavam certos: não me mexi. Era covardia? Não, era imobilidade, incapacidade total de mexer sequer um dos meus membros. Sabedoria também, porque, afinal, por que lutar? Além daquele homem, havia mais dez que atenderiam ao seu chamado. Eu arriscaria minha vida para salvar algumas tapeçarias e bugigangas?

E essa tortura durou a noite toda. Tortura insuportável, terrível angústia! O barulho havia parado, mas fiquei esperando que começasse de novo. E o homem! O homem que me observava, a arma na mão! Meu olhar assustado nunca se desviava dele. E meu coração batia acelerado! E o suor escorria da minha testa e por todo o meu corpo!

E, de repente, um bem-estar inexplicável me invadiu: a carruagem do leiteiro, cujo ruído das rodas eu conhecia bem, passava no bulevar e, ao mesmo tempo, tive a impressão de que o amanhecer se esgueirava entre as venezianas fechadas, trazendo um pouco da luz do dia lá fora para se misturar às sombras.

E a luz do dia entrou no quarto. E outros carros passavam. E todos os fantasmas da noite desapareceram.

Então, estiquei um braço para fora da cama, devagar e com intenção. Do outro lado, nada se mexeu. Marquei com os olhos o local onde havia uma dobra na cortina, o ponto preciso para onde devia apontar, contei com precisão todos os movimentos que teria que executar e, rapidamente, peguei meu revólver e atirei.

Pulei da cama com um grito de libertação e puxei a cortina. O tecido estava perfurado, a janela também. Quanto ao homem, não consegui atingi-lo... simplesmente porque não havia ninguém ali.

Ninguém! Então, durante a noite inteira, fiquei hipnotizado por uma dobra da cortina! E durante todo aquele tempo, os bandidos... Furioso, tomado por um impulso que nada teria freado, girei a chave na fechadura, abri a porta, atravessei a antessala, abri outra porta e entrei correndo no cômodo.

Mas o choque me fez parar além da soleira, ofegante, atordoado, ainda mais espantado do que eu havia ficado com a ausência do homem: nada havia desaparecido. Todas as coisas que presumi terem sido roubadas, móveis, quadros, veludos e sedas, todas essas coisas estavam em seus lugares!

Espetáculo incompreensível! Eu não podia acreditar no que via! Ainda assim, o barulho, os ruídos de movimento... Andei pela sala, examinei as paredes, fiz um inventário de todos os objetos que conhecia tão bem. Não faltava nada! E o que mais me deixava perplexo era que nada sugeria a passagem dos criminosos por ali, nenhuma pista, nenhuma cadeira movida, nenhum vestígio de passos.

— Ora, ora — disse a mim mesmo, segurando a cabeça entre as mãos —, mas não sou idiota! Eu ouvi!

Centímetro por centímetro, com os procedimentos de investigação mais cuidadosos, examinei a sala. Foi em vão. Ou melhor... mas será que posso interpretar isso como uma descoberta? Debaixo de um pequeno tapete persa no chão, encontrei uma carta, uma carta de baralho. Era um sete de copas, como todos os sete de copas nos jogos de cartas, mas que me chamava a atenção por um detalhe bastante curioso. A ponta de cada uma das sete marcas vermelhas em forma de coração tinha sido perfurada, um buraco redondo e regular que podia ter sido feito por um buril.

Isso era tudo. Uma cara de baralho e um bilhete encontrado em um livro. Nada além disso. Bastava para afirmar que eu não tinha sido vítima de um sonho?

☙❧

Durante todo o dia, continuei minhas pesquisas na sala de estar. Era uma sala grande, desproporcional ao tamanho reduzido da casa e à decoração que atestava o gosto bizarro do homem que a projetou. O assoalho era formado por um mosaico de pedrinhas multicoloridas que formavam grandes desenhos simétricos. O mesmo mosaico cobria as paredes, dispostos em painéis, formando alegorias de Pompeia, composições bizantinas, afrescos da Idade Média. Um Baco cavalgava um barril. Um imperador de coroa dourada, com uma barba cheia de flores, segurava uma espada na mão direita.

No alto, como que em um ateliê, destacava-se a única e grande janela. Essa janela sempre ficava aberta à noite, e era provável que os homens tivessem passado por ela usando uma escada. Mas, novamente, também não havia nisso nenhuma certeza. Os pés da escada deveriam ter deixado marcas no chão batido do pátio: não havia nenhum sinal. A grama do terreno em torno da casa deveria ter sido pisada recentemente: não foi.

Confesso que nem me passava pela cabeça a ideia de ir à polícia, tal a incoerência e o absurdo dos fatos que teria que relatar. Eles teriam rido de mim. Mas, no dia seguinte, era meu dia de cronista no Gil Blas, onde eu escrevia na época. Obcecado pela minha aventura, contei-a por inteiro.

O artigo não passou despercebido, mas notei que dificilmente era levado a sério, e que era considerado mais uma fantasia do que uma história real. Os Saint-Martins debocharam de mim. Daspry, porém, a quem não faltava uma certa habilidade nesses assuntos, veio me ver, pediu explicações sobre o tema e o estudou... sem sucesso, aliás.

No entanto, em uma das manhãs seguintes, o sino do portão tocou e Antoine veio me avisar que um cavalheiro queria falar comigo. Ele não quis se identificar. Permiti que ele entrasse.

Era um homem de cerca de quarenta anos, moreno, com uma expressão enérgica, e cujas roupas limpas, mas velhas, indicavam uma preocupação com a elegância que contrastava com seus modos um tanto vulgares.

Sem preâmbulos, ele me disse com uma voz rouca, com um jeito de falar que, para mim, confirmava a situação social do indivíduo:

— Senhor, durante uma viagem, em um café, o Gil Blas me chamou a atenção. Li seu artigo. Ele me interessou... muito.

— Obrigado.

— E eu vim.

— Ah!

— Sim, vim para falar com o senhor. Todos os fatos que relatou são corretos?

— Absolutamente corretos.

— Nenhum deles foi inventado pelo senhor?

— Nenhum.

— Nesse caso, talvez eu tenha algumas informações para lhe dar.

— Estou ouvindo.

— Não.

— Como não?

— Antes de falar, preciso verificar se todos os detalhes são corretos.

— E para fazer essa verificação...?
— Preciso ficar sozinho nesta sala.
Olhei para ele sem esconder a surpresa.
— Não consigo entender muito bem...
— Tive esta ideia ao ler seu artigo. Certos detalhes sugerem uma coincidência verdadeiramente extraordinária com outra aventura de que tomei conhecimento por acaso. Se eu estiver errado, é melhor que não fale nada. E a única maneira de descobrir é ficar sozinho...

O que havia por trás daquela proposta? Mais tarde lembrei que, enquanto falava, o homem tinha uma expressão preocupada, uma fisionomia ansiosa. Mas na época, embora um pouco surpreso, não vi nada de particularmente anormal em seu pedido. E a curiosidade me incentivou!

Eu respondi:
— Entendo. De quanto tempo precisa?
— Oh! Três minutos, não mais que isso. Em três minutos voltaremos a conversar.

Saí da sala. Lá embaixo, peguei meu relógio. Um minuto se passou. Dois minutos... por que me sentia oprimido? Por que aqueles momentos pareciam mais solenes para mim do que outros?

Dois minutos e meio... Dois minutos e três quartos... E, de repente, um tiro.

Rápido, subi a escada e entrei na sala. Um grito de horror me escapou.

O homem estava caído no meio da sala, deitado sobre o lado esquerdo. Sangue e fragmentos do cérebro escorriam de seu crânio. Perto de sua mão havia uma arma fumegante.

Uma convulsão agitou seu corpo, e isso foi tudo.

Mas, mais do que aquela cena apavorante, alguma coisa me atingiu, algo que me fez decidir não pedir socorro imediatamente, nem me ajoelhar a seu lado para ver se ele ainda respirava. Perto dele, no chão, havia um sete de copas!

Peguei a carta. As sete pontas dos sete corações vermelhos haviam sido perfuradas...

೭∾ಾ

O comissário de polícia de Neuilly chegou meia hora mais tarde, depois o médico legista, depois o chefe da Sûreté*, M. Dudouis. Tive o cuidado de não tocar no cadáver. Nada poderia interferir na perícia inicial.

Foi tudo muito breve, ainda mais breve, porque, de início, nada ou muito pouco foi descoberto. Não havia nenhum documento nos bolsos do morto, nenhum nome nas roupas, nenhuma inicial no lenço. Resumindo, não havia nenhuma pista que ajudasse a estabelecer sua identidade. E a sala continuava como antes. Os móveis não foram deslocados, os objetos continuavam em seus lugares. No entanto, aquele homem não tinha vindo à minha casa com a única intenção de se matar, nem porque a considerava minha casa mais adequada do que qualquer outra para seu suicídio! Tinha que

---

* Em países francófonos, nome costumeiramente dado à organização civil policial. (N. do T.)

haver um motivo para esse ato de desespero, e esse motivo devia ter resultado em um fato novo, por ele observado durante os três minutos que passou sozinho.

Que fato? O que ele viu? O que o surpreendeu? Que segredo terrível havia descoberto? Nenhuma suposição era possível.

Mas, no último momento, ocorreu um incidente que nos pareceu de considerável interesse. Quando dois policiais se abaixaram para levantar o cadáver e colocá-lo em uma maca, perceberam que a mão esquerda, até então fechada e crispada, havia relaxado o suficiente para deixar cair um cartão de visita amassado.

No cartão estava escrito: Georges Andermatt, rua de Berry, 37.

O que isso significava? Georges Andermatt era um grande banqueiro parisiense, fundador e presidente do Comptoir des Métaux, o banco que deu tanto ímpeto às indústrias metalúrgicas da França. Tinha boa situação financeira, era dono de um vagão de correspondência, carros e um estábulo de corrida. Suas reuniões eram bem frequentadas, e a sra. Andermatt era citada por sua graça e beleza.

— É esse o nome do homem morto? — sussurrei.

O chefe da segurança se inclinou para frente.

— Não é ele. O sr. Andermatt é um homem pálido, um tanto grisalho.

— Mas então, por que esse cartão?

— Tem telefone, senhor?

— Sim, no corredor. Venha comigo.

Ele consultou a lista telefônica e pediu uma ligação para 415.21.

— Senhor Andermatt está? Por favor, diga a ele que senhor Dudouis solicita que ele venha depressa ao 102 da Boulevard Maillot. É urgente.

Vinte minutos depois, o sr. Andermatt saiu do carro. Explicaram a ele os motivos pelos quais sua interferência era requisitada e, a seguir, o levaram até onde estava o cadáver.

Por um segundo, a emoção contraiu seu rosto, depois ele disse em voz baixa, como que para si mesmo:

— Etienne Varin.

— O senhor o conhecia?

— Não... Ou melhor, sim... mas só de vista. O irmão...

— Ele tem um irmão?

— Sim, Alfred Varin... O irmão dele uma vez me procurou... não lembro mais por quê...

— Onde ele mora?

— Os dois irmãos moravam juntos... rua de Provence, eu acho.

— E o senhor não imagina o motivo que pode ter levado esse homem ao suicídio?

— Não, de jeito nenhum.

— Mas esse cartão na mão dele? É seu, tem seu endereço!

— Não estou entendendo nada. É evidente que não passa de uma coincidência que a investigação acabará esclarecendo.

De qualquer forma, era uma curiosa coincidência, pensei, e senti que todos tínhamos a mesma impressão.

A impressão que, no dia seguinte, vi nos jornais e em todos os amigos com quem conversei sobre o ocorrido. Em meio aos mistérios que complicavam a história, depois da dupla descoberta, tão desconcertante, desse sete de corações perfurados sete vezes, depois de dois acontecimentos tão enigmáticos dos quais minha casa fora palco, esse cartão de visitas finalmente parecia prometer algum esclarecimento. Por meio dele chegaríamos à verdade.

Mas, ao contrário das previsões, Andermatt não deu nenhuma pista.

— Eu disse o que sabia — ele repetia. — O que mais querem? Eu sou o maior surpreso com essa descoberta do cartão, e espero, como todos, que esse ponto seja esclarecido.

Mas não foi. A investigação descobriu que os irmãos Varin, que eram suíços, levavam uma vida bem agitada sob nomes falsos, circulando por ambientes mal frequentados e ligados a uma grande quadrilha internacional procurada pela polícia, após uma série de assaltos nos quais a sua participação só foi descoberta mais tarde. No número 24 da rua de Provence, onde os irmãos Varin haviam, de fato, morado seis anos antes, ninguém sabia o que tinha acontecido com eles.

Confesso que, de minha parte, esse caso me parecia tão confuso que eu quase não acreditava na possibilidade de uma solução, e tentei não pensar mais nisso. Mas diferente de mim, Jean Daspry, com quem eu encontrava frequentemente naquela época, ficava mais apaixonado pela história a cada dia.

Foi ele quem me apontou este artigo de jornal estrangeiro que toda a imprensa reproduziu e comentou:

"Na presença do imperador, e em local sobre o qual guardaremos segredo até o último minuto, serão realizados os primeiros testes de um submarino que deve revolucionar as condições futuras da guerra naval. Uma indiscrição revelou-nos seu nome: *O Sete de Copas*."

O Sete de Copas! Causalidade? Ou havia uma relação entre o nome desse submarino e os incidentes que estamos discutindo? Mas que tipo de relação? O que estava acontecendo aqui não podia se relacionar com o que estava acontecendo lá.

— Quem sabe? — Daspry comentou comigo. — Os efeitos mais díspares geralmente provêm de uma única causa.

Dois dias depois, outra notícia era publicada:

"Afirma-se que o projeto do *Sete de Copas*, o submarino cujas experiências ocorrerão em breve, foi executado por engenheiros franceses. Esses engenheiros, depois de pedirem o apoio de seus compatriotas em vão, recorreram ao Almirantado Inglês, sem melhores resultados. Damos esta notícia com reserva."

Não me atrevo a insistir muito em fatos de natureza extremamente delicada e que provocaram, como todo mundo lembra, tão grande comoção. Porém, passado todo o risco de complicações, preciso falar sobre o artigo do *Echo de France* que tanto alarde fez na época e que sugeriu para o caso do *Sete de Copas*, como foi chamado, algumas explicações... confusas.

Aqui está a matéria como foi publicada, com a assinatura de Salvator:

> O caso Sete de Copas. Uma ponta do véu foi levantada.
> "Seremos breves. Dez anos atrás, um jovem engenheiro de minas, Louis Lacombe, ansioso para devotar seu tempo e sua fortuna aos estudos que fazia, pediu demissão e alugou, no número 102, Boulevard Maillot, uma pequena casa que um conde italiano havia recentemente construído e decorado. Por intermédio de duas pessoas, os irmãos Varin, de Lausanne, que o ajudavam em seus experimentos, um como auxiliar e o outro buscando patrocinadores, ele entrou em contato com H. Georges Andermatt, que tinha acabado de fundar o banco Comptoir des Métaux.
> "Depois de várias conversas, ele conseguiu despertar seu interesse por um projeto de submarino no qual estava trabalhando, e ficou claro que, assim que a invenção fosse finalizada, o sr. Andermatt usaria sua influência para assegurar uma série de testes junto ao Ministério da Marinha.
> "Durante dois anos, Louis Lacombe frequentou assiduamente a casa de Andermatt e informou o banqueiro sobre as melhorias que

fazia em seu projeto, até o dia em que, satisfeito com o trabalho, depois de ter encontrado a fórmula definitiva que procurava, pediu ao sr. Andermatt para começar a campanha.

"Naquele dia, Louis Lacombe jantou com a família Andermatt. Ele saiu de lá por volta das onze e meia da noite. Não foi mais visto desde então.

"Ao reler os jornais da época, vemos que a família do jovem procurou as autoridades, que se preocuparam. Mas não se chegou a nada de concreto, e a conclusão foi que Louis Lacombe, um rapaz diferente e cheio de fantasias, tinha viajado sem avisar ninguém.

"Vamos aceitar essa hipótese... implausível. Mas resta uma pergunta de importância capital para o nosso país: o que aconteceu com os planos do submarino? Louis Lacombe os levou com ele? Foram destruídos?

"De acordo com a investigação muito séria que realizamos, parece que esses planos existem. Os irmãos Varin os tinham em mãos. Como? Essa é uma resposta que não temos, nem sabemos por que eles não tentaram vendê-los antes. Temiam ser interrogados sobre como se apoderaram dos planos? De qualquer maneira, esse temor foi superado, e podemos afirmar com segurança: os planos de Louis Lacombe são propriedade de uma potência estrangeira, e podemos publicar a correspondência trocada sobre o assunto entre os irmãos Varin e o representante dessa potência. Atualmente, *O Sete de Copas*, criado por Louis Lacombe, é produzido por nossos vizinhos.

"A realidade vai confirmar as previsões otimistas dos envolvidos nessa traição? Temos razões para acreditar no contrário, e queremos crer que os acontecimentos não nos decepcionarão."

E um pós-escrito acrescentava:

"Notícia de última hora. Estávamos certos em nossas expectativas. Informações particulares nos permitem anunciar que os testes do *Sete de Copas* não foram satisfatórios. É bem provável que os planos entregues pelos irmãos Varin não incluíssem o último documento levado por Louis Lacombe ao senhor Andermatt na noite de seu desaparecimento, documento essencial para a compreensão total do projeto, uma espécie de resumo que inclui as conclusões, avaliações e mensurações finais contidas nos demais artigos. Sem esse documento, os planos são incompletos; assim como, sem os planos, o documento é inútil.

"Então ainda há tempo para agir e recuperar o que é nosso. Para essa tarefa tão difícil, contamos muito com a ajuda de M. Andermatt. Ele vai explicar o comportamento insólito que teve desde o início. Revelará não só por que não contou o que sabia na época do suicídio de Etienne Varin, mas também por que nunca anunciou o desaparecimento dos papéis dos quais tinha conhecimento. E vai explicar por que, durante seis anos, pagou agentes para manter os irmãos Varin sob vigilância.

"O que esperamos dele são atitudes, não palavras. Senão..."

A ameaça era brutal. Mas por quê? Que meios de intimidação Salvator, o... autor anônimo do artigo, tinha contra o sr. Andermatt?

Um enxame de repórteres procurou o banqueiro, e, em dez entrevistas, ele demonstrou o desdém com que reagia ao aviso. Em seguida, o correspondente do *Echo de France* respondeu com estas três linhas:

"Querendo ou não, gostando ou não, o sr. Andermatt já é colaborador no trabalho que estamos realizando."

☙❧

No dia em que essa nota de poucas linhas foi publicada, Daspry e eu jantamos juntos. À noite, com os jornais espalhados sobre minha mesa, discutimos o assunto e o examinamos em todos os seus aspectos com aquela irritação que é comum a quem caminha às tateando pelas sombras, sempre se deparando com os mesmos obstáculos.

E, de repente, sem que meu criado me tivesse avisado, sem que a campainha tocasse, a porta se abriu e uma senhora entrou coberta por um véu espesso.

Eu me levantei imediatamente e me aproximei da desconhecida. Ela me disse:

— O senhor mora aqui?

— Sim, senhora, mas confesso...

— O portão da rua não estava fechado — ela explicou.

— Mas e a porta da frente?

Ela não respondeu, e deduzi que devia haver entrada pela escada dos fundos. Conhecia o caminho?

Houve um silêncio um tanto constrangedor. Ela olhou para Daspry. Apesar de tudo, como faria em circunstâncias normais, eu o apresentei. Depois, pedi a ela para sentar e explicar o motivo de sua visita.

Ela tirou o véu, e vi que era morena, com um rosto comum e, embora não muito bonita, charmosa, pelo menos, um encanto que eu atribuía, principalmente, a seus olhos que eram sérios e sofridos.

Ela disse com simplicidade:

— Eu sou a sra. Andermatt.

— Madame Andermatt! — repeti, cada vez mais surpreso.

Mais um período de silêncio. Depois, ela prosseguiu com tom calmo e uma atitude mais tranquila:

— Vim para falar deste caso... você sabe. Pensei que poderia me dar algumas informações...

— Meu Deus, senhora, não sei nada além do que publicam os jornais. Especifique como posso ajudá-la.

— Não sei... não sei...

Só então tive a intuição de que sua calma era artificial e que, sob a aparência de segurança, havia uma grande confusão. E ficamos em silêncio, ambos constrangidos.

Mas Daspry, que a observava o tempo todo, aproximou-se e disse:

— Permite que eu faça algumas perguntas, madame?

— Oh, sim! Pergunte, e eu responderei.

— Responderá... quaisquer que sejam essas perguntas?

— Sejam quais forem.

Ele refletiu e disse:

— A senhora conheceu Louis Lacombe?

— Sim, por intermédio de meu marido.

— Quando foi a última vez que o viu?

— Na noite em que ele jantou conosco.

— E naquela noite, nada a fez pensar que talvez não o visse novamente?

— Não. Ele realmente havia mencionado uma viagem à Rússia, mas de maneira muito vaga!

— Então, havia planos para vê-lo de novo?

— Dois dias depois, em um jantar.

— E como a senhora explica esse desaparecimento?

— Não tento explicar.

— E o sr. Andermatt?

— Não sei.

— No entanto...

— Não me pergunte sobre isso.

— O artigo do *Echo de France* parece dizer...
— O que ele parece sugerir é que os irmãos Varin não desconheciam esse desaparecimento.
— Essa é sua opinião?
— Sim.
— Em que se baseia sua convicção?
— Quando saiu de nossa casa, Louis Lacombe levava uma pasta que continha todos os papéis relativos ao seu projeto. Dois dias depois, houve uma conversa entre meu marido e um dos irmãos Varin, o que está vivo, e nela meu marido obteve a prova de que esses papéis estavam nas mãos dos dois irmãos.
— E ele não os denunciou?
— Não.
— Por quê?
— Porque na pasta havia algo diferente dos papéis de Louis Lacombe.
— O quê?
Ela hesitou, ameaçou responder, mas acabou se calando. Daspry continuou:
— Então, esse é o motivo pelo qual seu marido, sem avisar a polícia, mandou vigiar os dois irmãos. Ele esperava recuperar os papéis e aquela... coisa comprometedora com a qual os dois irmãos o estavam chantageando.
— Uma coisa que dizia respeito a ele... e a mim.
— Ah! Também à senhora?
— Principalmente a mim.
Ela pronunciou essas três palavras com um tom vazio. Daspry a observou, deu alguns passos pela sala e voltou ao lugar:

— A senhora escreveu para Louis Lacombe?

— Claro... meu marido se relacionava...

— Além dessas cartas oficiais, a senhora não escreveu... outras cartas para Louis Lacombe? Peço que me perdoe pela insistência, mas é essencial que eu saiba toda a verdade. Escreveu alguma outra carta?

Toda corada, ela sussurrou:

— Sim.

— E eram essas cartas que os irmãos Varin tinham em mãos?

— Sim.

— Então, o sr. Andermatt sabe disso?

— Ele não viu as cartas, mas Alfred Varin contou a ele sobre elas, ameaçando publicá-las se meu marido agisse contra eles. Meu marido teve medo... e recuou do escândalo.

— E fez tudo o que podia para pegar essas cartas das mãos deles.

— Ele fez tudo o que estava ao seu alcance... pelo menos imagino que sim, porque, depois dessa última conversa com Alfred Varin e das poucas e duras palavras com que ele me informou sobre essa conversa, não há mais, entre meu marido e eu, nenhuma intimidade, nenhuma confiança. Vivemos como dois estranhos.

— Nesse caso, se não tem nada a perder, do que tem medo?

— Embora agora me trate com indiferença, sou a pessoa que ele amava, que ele poderia voltar a amar e a quem, tenho certeza — sussurrou com voz firme —, ele ainda amaria, se não tivesse posto as mãos naquelas malditas cartas...

— O quê? Então, ele conseguiu! Mas os dois irmãos continuaram com as ameaças?

— Sim, e até se gabavam de ter um esconderijo seguro, aparentemente.

— Então...?

— Tenho todos os motivos para pensar que meu marido encontrou esse esconderijo.

— Ora! E onde ele ficava?

— Aqui.

Tive um sobressalto.

— Aqui?

— Sim, e sempre suspeitei disso. Louis Lacombe, muito engenhoso, apaixonado por mecânica, ocupava o tempo livre fazendo baús e fechaduras. Os irmãos Varin devem ter encontrado um desses esconderijos e, mais tarde, decidido usá-lo para esconder as cartas... e outras coisas, sem dúvida.

— Mas eles não moravam aqui — protestei.

— Até sua chegada, há quatro meses, esta casa estava desocupada. Portanto, é provável que tenham voltado aqui e imaginado que sua presença não os incomodaria no dia em que precisassem pegar todos os papéis. Mas eles não contavam com meu marido que, na noite de 22 para 23 de junho, arrombou o cofre, pegou... o que estava procurando e deixou seu cartão para anunciar aos dois irmãos que não precisava mais temê-los e que as posições estavam mudando. Dois dias depois, alertado pelo artigo no Gil Blas, Étienne Varin entrou apressado em sua casa, ficou sozinho nesta sala, encontrou o cofre vazio... e se matou.

Depois de um momento, Daspry perguntou:

— Isso é apenas uma dedução, não é? O sr. Andermatt não lhe contou nada?

— Não.

— Acha que a atitude dele mudou? Teve a impressão de que ele não estava mais tenso, preocupado?

— Não.

— E a senhora acha que seria assim, se ele tivesse encontrado as cartas? Em minha opinião, ele não as tem. Não acredito que foi ele quem entrou aqui.

— Mas quem foi, então?

— O personagem misterioso que comanda esse negócio, que segura todos os fios e o manipula para alcançar um objetivo que só imaginamos em meio a tantas complicações, o personagem misterioso cuja ação visível e onipotente sentimos desde o início. Ele e seus amigos entraram nesta casa na noite de 22 de junho, ele encontrou o esconderijo, ele deixou o cartão do sr. Andermatt, ele guardou a correspondência e os indícios de traição dos irmãos Varin.

— Quem é ele? — interrompi impaciente.

— O correspondente do *Echo de France*, claro, esse Salvator! Isso não é extremamente óbvio? Seu artigo não fornece detalhes que só o homem que descobriu os segredos dos dois irmãos pode saber?

— Nesse caso — gaguejou madame Andermatt amedrontada —, ele também tem minhas cartas e é ele quem, por sua vez, ameaça meu marido! O que fazer, meu Deus!

— Escreva para ele — Daspry declarou de maneira direta —, confie nele sem rodeios; conte a ele tudo o que sabe e tudo o que pode descobrir.

— O que diz?

— Seu interesse é o mesmo que o dele. Não há dúvida de que ele age contra o sobrevivente dos dois irmãos. Não é contra M. Andermatt que ele procura se armar, mas contra Alfred Varin. Ajude-o.

— Como?

— Seu marido tem esse documento que completa e possibilita a implementação dos planos de Louis Lacombe?

— Sim.

— Informe Salvator. Se for necessário, tente obter esse documento para ele. Resumindo, estabeleça uma correspondência com ele. O que a senhora tem a perder?

O conselho era ousado, perigoso, inclusive, à primeira vista, mas a sra. Andermatt tinha poucas opções. Como disse Daspry, o que tinha a perder? Se o desconhecido fosse um inimigo, isso não pioraria as coisas. Se era um estranho em busca de um objetivo particular, devia atribuir a essas cartas apenas uma importância secundária.

De qualquer forma, era uma ideia que surgia, e a sra. Andermatt, em seu desânimo, ficou muito feliz em concordar com ela. Ela nos agradeceu com entusiasmo e prometeu nos manter informados.

Dois dias depois, na verdade, ela nos enviou este bilhete que recebeu em resposta:

"As cartas não estavam lá. Mas eu as pegarei, não se preocupe. Eu cuido de tudo. S."

Peguei o papel. Era a caligrafia do bilhete que foi deixado entre as páginas do meu livro de cabeceira na noite de 22 de junho.

Daspry estava certo, portanto, Salvator era o grande organizador de todo esse caso.

❧

Na verdade, começávamos a vislumbrar alguma coisa em meio às trevas que nos cercavam, e alguns pontos eram esclarecidos por uma luz inesperada. Mas muitos outros permaneciam obscuros, como a descoberta dos dois setes de copas! De minha parte, sempre voltava a isso, talvez mais intrigado do que era necessário por aquelas duas cartas cujas sete pequenas figuras perfuradas eu tinha visto em circunstâncias tão perturbadoras. Que papel desempenhavam no drama? Que importância deveríamos atribuir a elas? Que conclusão deveríamos tirar do fato de o submarino, construído de acordo com os planos de LL, ter o nome de *Sete de Copas*?

Daspry pouco se importou com as duas cartas, debruçando-se inteiramente sobre outro problema cuja solução lhe parecia mais urgente para ele: procurar incansavelmente o famoso esconderijo.

— E quem sabe — disse ele — não encontro as cartas que Salvator não encontrou lá... talvez inadvertidamente. Não acredito que os irmãos Varin tenham retirado de um lugar que supunham inacessível a arma cujo valor inestimável eles conheciam.

E ele procurava. Logo, o grande salão não tinha mais segredos, e ele estendeu as investigações a todos os outros cômodos da casa: examinou o interior e o exterior, examinou as pedras e os tijolos das paredes, ergueu as lajotas do telhado.

Um dia, ele chegou com uma picareta e uma pá, me deu a pá, ficou com a picareta e, apontando para o terreno, disse:

— Vamos.

Eu o segui sem entusiasmo. Ele dividiu o terreno em várias seções, as quais inspecionou sucessivamente. Mas, em um canto formado pelos muros de duas propriedades vizinhas, uma pilha de tijolos e pedras, coberta de espinheiros e mato, chamou sua atenção. Ele a atacou.

Tive que ajudá-lo. Durante uma hora, embaixo de sol, fizemos um esforço desnecessário. Mas quando encontramos terra embaixo das pedras, a picareta de Daspry entrou em ação e expôs alguns ossos, um esqueleto sobre o qual restavam ainda pedaços de tecido em decomposição.

E, de repente, senti-me empalidecer. Vi uma pequena placa de ferro retangular afundada na terra, e nela pensei ter visto manchas vermelhas. Eu me abaixei. Era isso: a placa tinha as dimensões de uma carta de baralho, e as manchas vermelhas, um vermelho desbotado e apagado em alguns pontos, eram sete e dispostas como os desenhos de um sete de copas, todos com uma perfuração na extremidade.

— Escute, Daspry, estou farto de tudo isso. Se ainda acha que é interessante, vá em frente. Não lhe faço mais companhia.

Fora a emoção? Fora o cansaço de um trabalho realizado sob um sol muito forte? A verdade é que saí de lá cambaleando e tive que ir para a cama, onde passei quarenta e oito horas com febre, atormentado por esqueletos que dançavam e jogavam corações sangrentos um na cabeça do outro.

Daspry foi leal a mim. Todos os dias me visitava e passava três ou quatro horas, na verdade, no salão, bisbilhotando, batendo e martelando.

— As cartas estão aqui, neste cômodo — ele vinha e me dizia de vez em quando —, elas estão aqui. Ponho minha mão no fogo.

— Deixe-me em paz — eu dizia horrorizado.

Na manhã do terceiro dia, levantei-me ainda muito fraco, mas curado. Um almoço nutritivo me confortou. Mas um telegrama entregue por volta das cinco da tarde contribuiu mais do que tudo para a minha recuperação completa, por isso minha curiosidade foi, novamente e apesar de tudo, aguçada.

A mensagem era a seguinte:

> *"Senhor:*
> *O drama, cujo primeiro ato aconteceu na noite de 22 para 23 de junho, está chegando ao fim. A própria força das coisas exige que eu traga os dois protagonistas deste drama na presença um*

do outro e que este confronto aconteça em sua casa. Ficaria imensamente grato se me emprestasse sua casa na noite de hoje. Seria bom se seu servo estivesse ausente entre nove e onze horas, e seria melhor ainda se o senhor também fizesse a gentileza de deixar o campo livre para os adversários. Como percebeu, na noite de 22 para 23 de junho, todos os seus pertences foram preservados. De minha parte, consideraria uma ofensa se desconfiasse, sequer por um momento, da absoluta discrição deste que assina
Seu devoto,

"'SALVATOR'."

Havia na correspondência um tom cortês de ironia, e no pedido que continha, uma fantasia tão bonita que me encantava. Era deliciosamente casual, e meu correspondente parecia certo de que eu concordaria com tudo! Por nada no mundo eu teria desejado desapontá-lo, ou responder à sua confiança com ingratidão.

Às oito horas, quando Daspry chegou, meu criado, a quem eu havia oferecido um ingresso para o teatro, tinha acabado de sair. Mostrei o telegrama a Daspry.

— E então? — ele perguntou.

— Bem, vou deixar o portão do jardim aberto para que possam entrar.

— Vai deixar a casa?

— De jeito nenhum!

— Mas ele pede...

— Ele me pede discrição. Serei discreto. Mas quero ver o que vai acontecer.

Daspry riu.

— Você está certo, e eu também vou ficar. Tenho a impressão de que não ficaremos entediados.

A campainha o interrompeu.

— Já? — ele sussurrou. Estão vinte minutos adiantados! Impossível.

Do corredor, puxei a corda que abria o portão. A silhueta de uma mulher atravessou o jardim: sra. Andermatt.

Ela parecia aborrecida e quase sufocava quando gaguejou:

— Meu marido... ele vem vindo... tem um compromisso... vão entregar as cartas a ele...

— Como você sabe? — indaguei.

— Por acaso. Meu marido recebeu uma mensagem durante o jantar.

— Um telegrama?

— Um recado deixado por telefone. O criado me entregou por engano. Meu marido pegou o papel imediatamente, mas era tarde demais... Eu tinha lido.

— A senhora leu...

— Era mais ou menos assim: "Às nove horas desta noite, esteja no Boulevard Maillot com os documentos relacionados ao caso. Em troca, as cartas". Depois do jantar, eu subi para o meu quarto e saí em seguida.

— Sem o conhecimento do sr. Andermatt?

— Sim.

Daspry olhou para mim.

— O que acha?

— O mesmo que está pensando, que o sr. Andermatt é um dos adversários convocados.

— Por quem? E com que propósito?

— Isso é exatamente o que vamos descobrir.

Eu os conduzi ao salão.

Se nos apertássemos, poderíamos passar os três sob o console da lareira e nos esconder atrás da cortina de veludo. Nós nos acomodamos. A sra. Andermatt sentou-se entre nós dois. Víamos a sala inteira pela fresta entre as cortinas.

Eram nove horas. Poucos minutos depois, o portão do jardim rangeu nas dobradiças.

Admito que não deixei de sentir uma certa ansiedade e que voltei a ficar muito agitado. Estava prestes a conhecer a solução do enigma!

A aventura desconcertante, cujas etapas se desenrolavam diante de mim havia semanas, finalmente teria significado, e a batalha seria travada diante dos meus olhos.

Daspry segurou a mão da sra. Andermatt e sussurrou:

— Acima de tudo, não faça nenhum movimento! O que quer que você ouça ou veja, permaneça imóvel.

Alguém entrou. E eu reconheci imediatamente Alfred Varin pela grande semelhança com seu irmão, Étienne. O mesmo andar pesado, o mesmo rosto coberto pela barba.

Ele entrou com o ar preocupado de um homem acostumado a temer as armadilhas ao seu redor, alguém que as fareja e evita. Varreu a sala com os olhos, e tive a impressão de que aquela lareira escondida por uma cortina de veludo o incomodou. Ele deu três passos em nossa direção. Mas uma ideia, sem dúvida mais imperiosa, o distraiu, pois se virou para a parede, parou diante do mosaico do velho rei com a barba enfeitada por flores, a espada flamejante, e o examinou demoradamente, subindo em uma cadeira para acompanhar com um dedo o contorno dos ombros e do rosto, apalpar partes da imagem.

Mas, de repente, ele saltou da cadeira e se afastou da parede. Passos ecoaram. O sr. Andermatt surgiu na soleira.

O banqueiro deu um grito de surpresa.

— Você! Você! Você telefonou para mim?

— EU? De jeito nenhum — protestou Varin com uma voz enfraquecida que me lembrou de seu irmão. — Foi a sua carta que me trouxe aqui.

— Minha carta!

— Uma carta assinada por você, na qual me oferece...

— Eu não escrevi para você.

— Não escreveu para mim!

Varin instintivamente se pôs em guarda, não contra o banqueiro, mas contra o inimigo desconhecido que o havia atraído para essa armadilha. Novamente, seus olhos se voltaram para o nosso lado, e, rapidamente, dirigiu-se à porta.

O sr. Andermatt o impediu de passar.

— O que está fazendo, Varin?

— Essa trama aqui não me agrada. Vou embora. Boa noite.

— Um momento!

— Por favor, sr. Andermatt, não insista, não temos nada a dizer um ao outro.

— Temos muito a dizer um ao outro, e a oportunidade é muito boa...

— Deixe-me passar.

— Não, não, não, você não vai passar.

Varin recuou, intimidado pela atitude decidida do banqueiro, e murmurou:

— Então seja breve, vamos conversar e acabar logo com isso!

Uma coisa me surpreendeu, e não tive dúvidas de que meus dois companheiros também se decepcionaram. Por que Salvator não estava presente? Não fazia parte de seus planos intervir? O mero confronto entre o banqueiro e Varin era suficiente para ele? Fiquei muito perturbado. Diante de sua ausência, esse duelo, tramado e desejado por ele, assumia o aspecto trágico dos acontecimentos provocados e controlados pela ordem rigorosa do destino, e a força que opunha esses dois homens era ainda mais impressionante por se encontrar longe deles.

Depois de um momento, o sr. Andermatt abordou Varin e, cara a cara, disse:

— Agora que esses anos se passaram, e você não tem mais nada a temer, responda-me francamente, Varin. O que aconteceu com Louis Lacombe?

— E faz essa pergunta a mim? Como se eu pudesse saber o que aconteceu com ele!

— Você sabe! Você sabe! Você e seu irmão se aproximaram dele, moravam com ele, quase, aqui mesmo, nesta casa. Tinham conhecimento de todo o trabalho dele, de todos os projetos. E na última noite, Varin, quando levei Louis Lacombe até a porta de minha casa, vi dois vultos escondidos nas sombras. Posso jurar que vi.

— Jurar que viu o quê?

— Você e seu irmão, Varin.

— Prove.

— A melhor prova é que, dois dias depois, vocês mesmos me mostraram os papéis e os planos que haviam tirado da pasta de Lacombe e quiseram vendê-los para mim. Como estavam de posse desses papéis?

— Já disse, senhor Andermatt, encontramos os papéis na mesa de Louis Lacombe na manhã seguinte, depois que ele desapareceu.

— Isso não é verdade.

— Prove.

— A justiça poderia provar.

— Por que não foi ao tribunal?

— Por quê? Ah! Por que...

Ele ficou em silêncio, sério. E o outro continuou:

— Veja, sr. Andermatt, se tivesse a menor certeza, nossa pequena ameaça não o teria impedido...

— Que ameaça? As cartas? Acha mesmo que acreditei por um momento...?

— Se você não acreditou nessas cartas, por que me ofereceu dinheiro para reavê-las? E por que, desde então, está atrás de mim e de meu irmão, nos caçando como se fôssemos bichos?

— Para recuperar os planos que eram importantes para mim.

— Francamente! Era pelas cartas. Assim que pegasse as cartas, nos denunciaria. Mais depressa do que eu as teria divulgado!

Ele caiu na gargalhada, e parou de rir de repente.

— Bem, é o bastante. Por mais que repitamos as mesmas palavras, não chegaremos a um acordo. Portanto, vamos deixar tudo como está.

— Não vamos, não — disse o banqueiro —, e já que mencionou as cartas, não vai sair daqui antes de entregá-las a mim.

— Vou sair.

— Não, não.

— Ouça, sr. Andermatt, eu o aconselho...

— Você não vai sair.

— Isso é o que veremos — disse Varin, e havia em seu tom tanta raiva, que madame Andermatt abafou um gritinho.

Ele deve ter ouvido, pois quis forçar passagem. O sr. Andermatt o empurrou com violência. Então, o vi enfiando a mão no bolso da jaqueta.

— Pela última vez!

— Primeiro as cartas.

Varin sacou um revólver e apontou para o sr. Andermatt:

— Sim ou não?

O banqueiro se abaixou instintivamente.

Um tiro explodiu. A arma caiu.

Fiquei perplexo. O tiro partiu de perto de mim! E foi Daspry quem, com um tiro de pistola, arrancou a arma da mão de Alfred Varin!

Pulando com agilidade entre os dois adversários, ele encarou Varin e disse, debochado:

— Você tem sorte, meu amigo, muita sorte. Apontei para a mão e acertei o revólver.

Ambos o encaravam imóveis, confusos. Ele disse ao banqueiro:

— Vai me desculpar, senhor, por me intrometer em coisas que não me dizem respeito. Mas, na verdade, está conduzindo o jogo como um trapalhão. Eu assumo a banca.

Virando-se para o outro, disse:

— Agora nós dois, camarada. E sem rodeios, por favor. O naipe é copas, e eu jogo o sete.

E posicionou, bem perto de seu nariz, a placa de ferro com os sete pontos vermelhos.

Nunca tinha visto tamanha comoção. Lívido, de olhos arregalados, com os traços contorcidos, o homem parecia hipnotizado pela imagem diante de si.

— Quem é você? — ele gaguejou.

— Já disse, alguém que se mete no que não é da conta... mas que cuida bem de tudo.

— O que quer?

— Tudo que você trouxe.

— Eu não trouxe nada.

— Não teria vindo, se não tivesse nada. Hoje de manhã recebeu uma mensagem dizendo para estar aqui às nove horas e trazer todos os papéis que têm. Você está aqui. Onde estão os papéis?

Havia na voz de Daspry e em seu comportamento uma autoridade que me confundia, uma maneira de agir totalmente diferente daquela do homem tão casual e gentil. Absolutamente dominado, Varin apontou para um de seus bolsos.

— Os papéis estão aqui.
— Estão todos aí?
— Sim.
— Todos os papéis que você encontrou na pasta de Louis Lacombe e vendeu ao major von Lieben?
— Sim.
— É cópia ou original?
— Original.
— Quanto você quer?
— Cem mil.

Daspry riu.

— Você é louco. O major deu apenas vinte mil. Vinte mil jogados fora, pois os testes falharam.
— Não sabíamos como usar os planos.
— Os planos estão incompletos.
— Então, por que está me perguntando?
— Preciso deles. Dou cinco mil francos. Nem um centavo a mais.
— Dez mil. Nem um centavo a menos.
— Fechado.

Daspry olhou para o sr. Andermatt.

— Por favor, assine o cheque, senhor.
— Mas... é que eu não...
— Seu talão? Aqui está.

Perplexo, o sr. Andermatt tocou o talão que Daspry lhe entregava.

— É meu, mesmo... Como pode ser?

— Sem conversa desnecessária, por favor, caro senhor, só precisa assinar.

O banqueiro pegou sua caneta e assinou um cheque. Varin estendeu a mão.

— Vá com calma — disse Daspry —, ainda não acabou. — E, dirigindo-se para o banqueiro, continuou: — Não havia também uma história de cartas que o senhor queria?

— Sim, um maço de cartas.

— Onde elas estão, Varin?

— Não as tenho.

— Onde estão, Varin?

— Não sei. Foi meu irmão quem cuidou disso.

— Elas estão escondidas aqui nesta sala.

— Nesse caso, você sabe onde estão.

— Como saberia?

— Ora, não visitou o esconderijo? Parece ser tão experiente... quanto Salvator.

— As cartas não estão no esconderijo.

— Estão lá.

— Abra.

Varin olhou para ele desconfiado. Daspry e Salvator eram a mesma pessoa, como tudo parecia sugerir? Nesse caso, não estaria correndo nenhum risco ao mostrar um esconderijo já conhecido. Senão, seria inútil...

— Abra — Daspry repetiu.

— Não tenho o sete de copas.

— Aqui está — disse Daspry, oferecendo a placa de ferro.

Varin recuou, apavorado:

— Não... não... eu não quero...

— Esqueça...

Daspry se dirigiu ao velho monarca com a barba florida, subiu em uma cadeira e cobriu a parte inferior da espada com o sete de copas, contra o punho, de modo que as bordas do retângulo se sobrepusessem exatamente aos dois gumes da espada. Munido de um buril, ele introduziu a extremidade em cada um dos sete orifícios feitos na extremidade dos sete corações, pressionando sete pedras de mosaico. Quando a sétima pedrinha foi pressionada, ouviu-se um estalo e o busto do rei girou, revelando uma grande abertura que parecia um cofre revestido de ferro com duas prateleiras de aço.

— Veja, Varin, o cofre está vazio.

— Certamente... Meu irmão deve ter retirado as cartas.

Daspry olhou para o homem e disse:

— Não se faça de esperto comigo. Existe outro esconderijo. Onde?

— Não existe mais nenhum.

— Está querendo dinheiro? Quanto?

— Dez mil.

— Sr. Andermatt, essas cartas valem dez mil francos para o senhor?

— Sim — disse o banqueiro em voz alta.

Varin fechou o cofre, pegou o sete de copas com visível relutância e o posicionou sobre a espada, exatamente no mesmo lugar de antes. Um por um, pressionou os sete pontos nas extremidades dos corações. Houve um segundo estalo, mas dessa vez, surpreendentemente, só uma parte do cofre girou, revelando outro menor embutido na largura da porta que fechava o cofre maior.

O maço de cartas estava lá, amarrado com um barbante e lacrado. Varin o entregou a Daspry. Ele perguntou:

— O cheque está pronto, sr. Andermatt?

— Sim.

— E você também tem o último documento que pegou de Louis Lacombe, o que completa o projeto do submarino?

— Sim.

A troca foi feita. Daspry guardou o documento e o cheque e entregou o pacote ao sr. Andermatt.

— Aí está o que queria, senhor.

O banqueiro hesitou por um momento, como se tivesse medo de tocar nas malditas páginas que tanto havia procurado. Então, com um gesto nervoso, ele pegou as cartas.

Ouvi um gemido perto de mim. Segurei a mão da sra. Andermatt: estava gelada.

E Daspry disse ao banqueiro:

— Creio que nossa conversa acabou, senhor. Oh! Não precisa agradecer, por favor. Foi o acaso que me fez ser útil ao senhor.

M. Andermatt retirou-se, levando as cartas escritas pela esposa para Louis Lacombe.

— Que maravilha — Daspry gritou satisfeito —, tudo está dando certo. Só temos que encerrar nosso caso, camarada. Tem os papéis?
— Estão ali.
Daspry os pegou, examinou cuidadosamente e guardou no bolso.
— Perfeito, cumpriu com sua palavra.
— Mas...
— Mas o quê?
— Os dois cheques...? O dinheiro...?
— É muita ousadia, meu bom homem. Como se atreve a reclamar?
— Reclamo o pagamento de uma dívida.
— Quer dizer que lhe devemos alguma coisa pelos papéis que roubou?
Mas o homem parecia fora de si. Tremia de raiva e tinha os olhos injetados de sangue.
— O dinheiro... os vinte mil... — balbuciou.
— Impossível... eles já têm uma finalidade.
— O dinheiro...!
— Vamos lá, seja razoável, deixe esse punhal no lugar dele. — E agarrou seu braço com tanta brutalidade, que o fez gritar de dor. — Vá embora, camarada, o ar vai lhe fazer bem. Quer companhia? Atravessamos o terreno, e eu mostro a você um monte de tijolos embaixo dos quais...
— Não é verdade! Isso não é verdade!

— Claro que é. Essa placa com os sete furos veio de lá. Estava sempre com Louis Lacombe, lembra? Você e seu irmão a enterraram com o cadáver... e com outras coisas que serão de grande interesse para a justiça.

Varin cobriu o rosto com as mãos, estava furioso. Depois disse:

— É. Estou encrencado. Vamos parar de falar sobre isso. Uma palavra no entanto... uma palavra... gostaria de saber...

— Estou escutando.

— Havia uma maleta naquele cofre, no maior dos dois?

— Sim.

— Quando você veio aqui na noite de 22 para 23 de junho, ela estava lá?

— Sim.

— E nela havia...?

— Tudo que os irmãos Varin guardaram lá, uma bela coleção de joias, diamantes e pérolas, tudo roubado pelos dois irmãos.

— E você a pegou?

— Ora! Pense no que faria, em meu lugar.

— Então... meu irmão se matou quando descobriu que a maleta tinha sumido?

— É provável. O desaparecimento das cartas que vocês trocavam com o major von Lieben não teria bastado. Mas o desaparecimento da maleta... Era só isso que queria me perguntar?

— Qual é mesmo o seu nome?

— Pergunta como se pretendesse se vingar.

— A sorte muda. Hoje você é o mais forte. Amanhã...
— Será você.
— É o que espero. Seu nome?
— Arsène Lupin.
— Arsène Lupin!

O homem cambaleou e ficou atordoado como se tivesse sido atingido por uma clava. Era como se essas duas palavras o privassem de toda esperança. Daspry riu.

— Ah! Pensou que um sr. Durand ou Dupont poderia ter montado este grande negócio? Vamos, não poderia ter acontecido com menos que um Arsène Lupin. E agora que está informado, meu rapaz, vá e prepare sua vingança. Arsène Lupin estará esperando por você.

E o empurrou para fora sem dizer mais nada.

⁓⁓

— Daspry, Daspry — gritei, ainda o chamando, apesar de tudo, pelo nome com que o conheci.

Afastei a cortina de veludo.

Ele veio correndo.

— O quê? O que é isso?

— A sra. Andermatt não está bem.

Ele se apressou, a fez respirar sais e, enquanto a socorria, me perguntou:

— O que aconteceu?

— As cartas... as cartas para Louis Lacombe que você deu ao marido dela!

Ele deu um tapa na testa.

— Ela acredita que fiz isso! Mas sim, afinal, por que não acreditaria? Como sou tolo!

A sra. Andermatt, reanimada, ouvia com atenção. Ele tirou da carteira um pequeno pacote igual ao que o sr. Andermatt levava ao sair.

— Aqui estão suas cartas, senhora, as verdadeiras.

— Mas... as outras?

— As outras são como estas, mas copiadas e adaptadas por mim ontem à noite. Seu marido vai ficar ainda mais feliz quando as ler, porque não vai suspeitar da troca, já que tudo aconteceu diante dos olhos dele.

— Mas a letra...

— Não existe caligrafia inimitável.

Ela agradeceu com as mesmas palavras de gratidão que teria dito a um homem de seu círculo, e compreendi que ela não devia ter escutado o fim da conversa entre Varin e Arsène Lupin.

Olhei para ele meio constrangido, sem saber o que dizer a àquele velho amigo que se revelava de maneira tão imprevista. Lupin! Era Lupin! Meu companheiro de clube era Lupin! Eu estava incrédulo. Mas ele continuava muito à vontade:

— Pode se despedir de Jean Daspry.

— Ah!

— Sim, Jean Daspry vai viajar. Vai para o Marrocos. É bem possível que encontre um fim digno por lá. Até reconheço que vai com essa intenção.

— Mas Arsène Lupin fica aqui?

— Ah, mais do que nunca. Arsène Lupin ainda está no início da carreira e conta com...

Uma curiosidade irresistível me jogou sobre ele, e o puxei para longe de madame Andermatt:

— Então, acabou descobrindo o segundo esconderijo, o lugar onde estava o maço de cartas?

— Não foi nada fácil! Foi ontem à tarde, enquanto você estava na cama. E, no entanto, só Deus sabe como era fácil! Mas as coisas mais simples são aquelas em que se pensa por último.

Ele me mostrou o sete de copas e continuou:

— Adivinhei que para abrir o grande baú, era preciso pressionar esta placa contra a espada do homem do mosaico...

— Como pensou nisso?

— Foi fácil. Soube por minhas fontes quando vim aqui na noite de 22 de junho...

— Depois de ter me deixado...

— Sim, e depois de ter escolhido assuntos específicos para deixá-lo nervoso e impressionável o suficiente para me deixar agir como quisesse, sem sair de sua cama.

— O raciocínio estava correto.

— Então, eu soube, ao vir aqui, que havia uma maleta no cofre, e que o cofre tinha uma fechadura secreta, e que o sete de copas era a chave, a senha dessa fechadura. Era apenas uma questão de encaixar esse sete de copas em um lugar reservado para ele. Só precisei de uma hora para encontrar esse lugar.

— Uma hora!

— Observe o homem formado pelo mosaico.

— O velho monarca?

— Ele é a representação exata do rei de copas de todos os jogos de baralho, Carlos Magno.

— É verdade... Mas por que o sete de copas às vezes abre o cofre grande e, às vezes, o pequeno? E por que você abriu apenas o cofre grande primeiro?

— Por quê? Bem, porque sempre posicionava meu sete de copas na mesma direção. Ontem notei que, ao virá-lo, isto é, ao colocar o sétimo furo, o do meio, para cima, e não para baixo, o arranjo dos sete furos mudaria.

— É claro!

— Nitidamente claro, mas alguém tinha que pensar nisso.

— Outra coisa: você não conhecia a história das cartas antes de a senhora Andermatt...

— Falar sobre o assunto em minha presença? Não. Além da maleta, encontrei no cofre apenas a correspondência dos dois irmãos, as cartas que me colocaram no caminho para desvendar a traição deles.

— Resumindo, foi por acaso que acabou reconstruindo a história dos dois irmãos e, depois, procurando os projetos e os documentos do submarino?

— Por acaso.

— Mas com que propósito você pesquisou...?

Daspry me interrompeu, rindo:

— Meu Deus! Quanto interesse por esse caso!

— Isso me fascina.

— Bem, mais tarde, depois que eu levar a sra. Andermatt até a casa dela e enviar ao *Echo de France* o bilhete que vou escrever, voltarei e falaremos sobre os detalhes.

Ele se sentou e escreveu uma daquelas pequenas notas incisivas em que se divertia com a fantasia do personagem. Quem não se lembra da comoção que causou no mundo todo?

"Arsène Lupin solucionou o enigma que Salvator propôs recentemente. De posse de todos os documentos e planos originais do engenheiro Louis Lacombe, ele os enviou às mãos do Ministro da Marinha. Na ocasião, abriu um canal de contribuições para oferecer ao governo da França o primeiro submarino construído de acordo com esses planos. E ele mesmo encabeça essa lista de doações com vinte mil francos."

— Os vinte mil francos dos cheques do sr. Andermatt? — perguntei quando ele me deu o jornal para ler.
— Exatamente. Era justo que Varin se redimisse em parte por sua traição.

ಲಿಸ್

E foi assim que conheci Arsène Lupin. Foi assim que soube que Jean Daspry, camarada de clube, de círculo social, não era outro senão Arsène Lupin, o ladrão de casaca. Foi assim que forjei agradáveis laços de amizade com o nosso grande homem e, aos poucos, graças à confiança com que ele me honra, tornei-me seu humilde biógrafo muito fiel e grato.

O COFRE DE MADAME IMBERT

Às três da manhã, ainda havia meia dúzia de carros em frente a um dos pequenos ateliês de pintura que compõem o único lado do Boulevard Berthier. A porta desse ateliê se abriu. Um grupo de convidados, homens e mulheres, saiu. Quatro carros seguiram da direita para a esquerda, e só restaram dois cavalheiros, que se separaram na esquina da avenida com a rua de Courcelles, onde morava um deles. O outro resolveu voltar para Porte-Maillot.

Ele, portanto, atravessou a avenida de Villiers e seguiu pela calçada em frente às fortificações. Naquela linda noite clara e fria de inverno, era um prazer dar uma caminhada. O ar era puro. O som dos passos era nítido.

Mas depois de alguns minutos, ele teve a desagradável impressão de estar sendo seguido. Na verdade, quando olhou para trás, viu a sombra de um homem se esgueirando entre as árvores. Não era covarde, mas apressou o passo para chegar o mais rápido possível à barreira alfandegária do Ternes. Mas o homem começou a correr. Muito apreensivo, ele achou mais seguro enfrentá-lo e tirar a arma do bolso.

Não teve tempo para isso. O homem o atacou com violência e, imediatamente, começou uma luta na avenida deserta, uma luta corpo a corpo em que ele logo sentiu que estava em desvantagem. Lutando, pediu socorro e foi derrubado sobre as pedras, enforcado e silenciado com um lenço que o adversário enfiou em sua boca. Seus olhos se fecharam, os ouvidos zumbiam, e ele estava prestes a desmaiar quando, de repente, a mão em sua garganta afrouxou, e o homem que o sufocava saiu de cima dele para se defender de um ataque inesperado.

Um golpe de bengala no pulso, um pontapé no tornozelo... o homem deu dois gemidos de dor e fugiu, mancando e xingando.

Sem se dignar a persegui-lo, o recém-chegado se abaixou e perguntou:

— Está ferido, senhor?

Não estava ferido, mas muito tonto e incapaz de ficar de pé. Felizmente, um funcionário da barreira ouviu os gritos e se aproximou correndo. Um carro foi requisitado. O cavalheiro embarcou acompanhado de seu salvador e foi levado para casa na avenida de la Grande-Armée.

Diante da porta, completamente recuperado, ele se desmanchou em agradecimentos.

— Eu lhe devo minha vida, senhor, por favor, acredite que não vou me esquecer disso. Não quero assustar minha esposa agora, mas quero que ela mesma reitere ainda hoje minha gratidão.

Ele o convidou para jantar e se apresentou como Ludovic Imbert. Depois acrescentou:

— Gostaria de saber a quem devo a honra...

— Certamente — respondeu o outro. E se apresentou: — Arsène Lupin.

❧

Na época, Arsène Lupin não tinha a fama conferida pelo caso Cahorn, por sua fuga da Santé e por tantos outros feitos retumbantes. Ainda nem se chamava Arsène Lupin. Esse nome, para o qual o futuro reservava tanto brilho, foi criado especialmente para designar o salvador do sr. Imbert, e pode-se dizer que foi nesse caso que ele teve seu batismo de fogo. Pronto para a batalha, é verdade, completamente armado, mas sem recursos, sem a autoridade conferida pelo sucesso, Arsène Lupin era apenas um aprendiz em uma profissão da qual logo se tornaria mestre.

Então, que alegria quando acordou e se lembrou do convite para aquela noite! Finalmente alcançava o objetivo! Finalmente realizava um trabalho digno de sua força e talento! Os milhões dos Imbert, que prêmio magnífico para um apetite como o dele!

Ele se vestiu com capricho com uma sobrecasaca puída, calças puídas, um chapéu de seda um tanto desbotado, punhos e golas puídas, tudo muito limpo, mas cheirando a pobreza. No lugar da gravata, uma fita preta presa com um diamante falso. E, assim vestido, desceu a escada do apartamento que ocupava em

Montmartre. No terceiro andar, sem parar, bateu com a ponta da bengala em uma porta fechada. Fora do prédio, seguiu pelas alamedas secundárias. Um bonde estava passando. Ele embarcou, e alguém que o seguia, o inquilino do terceiro andar, sentou-se a seu lado.

Depois de um momento, o homem disse:

— Então, chefe?

— Então, está arranjado.

— Como?

— Vou jantar lá.

— Jantar!

— Pensou que eu ocupava dias tão preciosos quanto os meus por nada? Salvei o sr. Ludovic Imbert da morte certa em suas mãos. O sr. Ludovic Imbert é um homem grato. E me convidou para jantar.

Um silêncio, e o outro se aventurou:

— Quer dizer que não vai desistir?

— Rapaz, se planejei o ataque de ontem à noite, se estava na rua às três da manhã para dar uma bengalada no seu braço e um chute na sua canela, correndo o risco de machucar meu único amigo, é claro que não vou desistir agora do prêmio por um plano tão bem pensado.

— Mas os boatos que correm sobre essa fortuna...

— Que corram! Estou envolvido nisso há seis meses, seis meses perguntando, estudando, armando minhas redes, interrogando os empregados, agiotas e agentes financeiros, seis meses que vivo atrás do marido e da esposa. Portanto, sei o que esperar. Se vem do velho Brawford, como dizem, ou se a fonte é outra, o certo é que a fortuna existe. E se existe, vai ser minha.

— Puxa, cem milhões!

— Vamos pensar em dez, ou mesmo cinco, o que for! Há grandes maços de títulos no cofre. Mais cedo ou mais tarde, eu pego a chave.

O bonde parou na Place de l'Etoile. O homem sussurrou:

— Então é isso, por agora?

— No momento, não há nada a fazer. Eu mando notícias. Temos tempo.

Cinco minutos depois, Arsène Lupin subia a suntuosa escadaria da Mansão Imbert, e logo Ludovic o apresentava à esposa. Gervaise era uma boa senhora, muito rechonchuda, muito faladora. Ela deu as boas-vindas a Lupin.

— Quis reunir apenas a família para homenagear nosso salvador — disse ela.

E, desde o início, trataram "nosso salvador" como um amigo de velhos tempos. Durante a sobremesa, a privacidade era total, e os segredos fluíam bem. Arsène contou sua vida, a vida do pai, um magistrado honesto, as tristezas da infância, as dificuldades do presente. Gervaise, por sua vez, falou de sua juventude, do casamento, da bondade do velho Brawford, dos cem milhões que havia herdado, dos obstáculos que atrasavam a posse da herança, dos empréstimos que teve que contrair a juros exorbitantes, das brigas intermináveis com os sobrinhos de Brawford! Dos confiscos! Enfim, tudo!

— Pense bem, sr. Lupin, os títulos estão lá, na sala ao lado, no escritório do meu marido, e se pegarmos um só papel, perdemos tudo! Eles estão lá, em nosso cofre, e não podemos tocá-los!

Um leve estremecimento sacudiu o sr. Lupin com a sugestão de tamanha proximidade. E ele teve a nítida sensação de que sr. Lupin nunca teria estatura moral suficiente para compartilhar dos escrúpulos da boa senhora.

— Ah, então estão aqui — ele comentou com a boca seca.

— Sim, estão.

Relações iniciadas dessa maneira só poderiam se estreitar. Ao ser delicadamente interpelado, Arsène Lupin confessou sua miséria, sua angústia. O pobre rapaz foi imediatamente nomeado secretário particular do casal, com um salário de cento e cinquenta francos mensais. Ele continuaria morando em sua casa, mas viria todos os dias para receber as ordens de serviço, e, para maior comodidade, um dos quartos do segundo andar foi colocado à sua disposição como escritório.

Ele poderia escolher qual. Seria uma excelente coincidência se eu olhasse bem em cima da mesa de Ludovic?

☙❧

Arsène não demorou a perceber que seu trabalho como secretário era moleza. Em dois meses, teve apenas quatro cartas comuns para escrever e só foi chamado uma vez ao escritório do chefe, o que significava que só conseguiu olhar oficialmente para o cofre uma vez. Além disso, ele compreendeu que o ocupante desse cargo não era considerado digno de aparecer ao lado do deputado Anquety, ou de Grouvel, o Presidente da Ordem dos Advogados, porque não era convidado para as famosas recepções sociais.

Ele não reclamava, preferia manter seu modesto cantinho à sombra e continuar afastado, feliz e livre. Além disso, não estava perdendo tempo. Primeiro fez uma série de visitas clandestinas ao escritório de Ludovic e se dedicou a estudar o cofre, que, no entanto, permanecia hermeticamente fechado. Era um enorme bloco de ferro fundido e aço, com uma aparência ameaçadora, e contra o qual nem limas, martelos ou alicates faziam efeito.

Arsène Lupin não era teimoso.

— Onde a força falha, a astúcia tem sucesso — disse a si mesmo. — O principal era ficar de olhos e ouvidos atentos ao local.

Ele tomou as medidas necessárias para isso e, após cuidadosa e meticulosa vistoria no chão de seu quarto, introduziu um tubo de chumbo que terminava no teto do escritório, entre duas canaletas da cornija. Através desse cano, mistura de tubo acústico e telescópio, esperava ver e ouvir tudo.

A partir de então, ele vivia de bruços no chão. E, de fato, sempre via os Imberts conversando na frente do cofre, examinando registros e analisando pastas. Quando giravam sucessivamente os quatro botões que controlavam a fechadura, ele tentava descobrir a combinação contando o número de cliques produzidos pelos movimentos. Ele observava suas ações, observava suas palavras. O que eles faziam com a chave? Eles a mantinham escondida?

Um dia, depois de vê-los sair do escritório sem fechar o cofre, ele desceu a escada. E entrou decidido. Eles voltaram.

— Oh, me desculpem — disse —, me enganei de porta.

Mas Gervaise correu e o segurou:

— Entre, sr. Lupin, entre, por acaso não está em casa aqui? Queremos uma sugestão. Que títulos devemos vender? Os internacionais, ou os do governo?

— Mas e a disputa? — Lupin reagiu surpreso.

— Oh, nem todos foram embargados!

Ela puxou a porta do cofre. Nas prateleiras havia pastas fechadas por correias. Ela pegou uma. O marido protestou.

Não, não, Gervaise, seria tolice vender papéis estrangeiros. Vão valorizar... enquanto os do estado chegaram ao valor máximo. O que acha, meu caro amigo?

O querido amigo não sabia o que dizer, porém aconselhou o sacrifício dos papéis nacionais. Ela, então, pegou outra pasta e dela, ao acaso, tirou uma folha. Era um título de 3% de mil, trezentos e setenta e quatro francos. Ludovic o guardou no bolso. À tarde, acompanhado de seu secretário, mandou vender esse título por um corretor da bolsa e recebeu 46 mil francos.

Apesar do que Gervaise tinha dito, Arsène Lupin não se sentia em casa. Ao contrário, sua situação na casa dos Imbert o intrigava. Em várias ocasiões, percebeu que os servos não sabiam seu nome. Eles o chamavam de senhor. Ludovic sempre se referia a ele desta maneira: "Vá avisar senhor... senhor chegou?" Por que esse tratamento impessoal?

Além disso, depois do entusiasmo inicial, os Imbert quase não falavam com ele e, embora o tratassem com o respeito devido a um benfeitor, nunca se importavam com ele! Era como se o considerassem um esquisitão que não gostava de ser importunado e, por isso, respeitassem seu isolamento como se esse isolamento fosse uma regra por ele decretada, um capricho de sua parte. Uma vez, ao passar pelo corredor, ouviu Gervaise dizer a dois senhores:

— Ele é um selvagem!

Pois muito que bem, pensou, sou um selvagem. E desistindo de entender as peculiaridades dessas pessoas, prosseguiu com a execução do plano. Agora tinha certeza de que não poderia confiar no acaso ou na imprudência de Gervaise, que nunca se separava da chave do cofre e que, inclusive, nunca guardava com ela essa chave sem antes ter embaralhado as letras do segredo da fechadura. Portanto, tinha que agir.

Um detalhe precipitou as coisas, uma violenta campanha contra os Imberts, posta em prática por alguns jornais. Eles eram acusados de fraude. Arsène Lupin testemunhou os altos e baixos do drama, a turbulência na casa, e entendeu que, se demorasse mais, acabaria perdendo tudo.

Por cinco dias consecutivos, em vez de sair por volta das seis horas como costumava fazer, ele ficou trancado no quarto. Os Imbert acreditavam que tinha ido para casa, mas ele estava lá, deitado no chão e vigiando o escritório de Ludovic.

Nas cinco ocasiões, sem que ocorresse a circunstância favorável que esperava, ele saiu no meio da noite pela portinhola de acesso ao pátio. Tinha uma chave dessa porta.

Mas, no sexto dia, ele soube que os Imberts reagiram às insinuações maldosas de seus inimigos, propondo a abertura e uma auditoria do cofre.

— Vai ser hoje à noite — Lupin pensou.

E, de fato, depois do jantar, Ludovic se acomodou em seu escritório. Gervaise juntou-se a ele. Os dois começaram a folhear os documentos do cofre.

Uma hora se passou, depois outra. Ele ouviu os criados indo para a cama. Agora não havia ninguém no primeiro andar. Meia-noite. Os Imberts continuavam trabalhando.

— Vamos — Lupin sussurrou.

Ele abriu a janela. Dava para o pátio que, em uma noite sem lua e sem estrelas, estava escuro. Tirou do armário uma corda com nós que prendeu no parapeito da varanda, passou por cima da mureta e desceu lentamente, se apoiando em uma calha, até a janela de baixo. Era a do escritório, e o véu espesso das cortinas de lã obscurecia a sala. De pé na varanda, ele permaneceu imóvel por um momento, com os ouvidos apurados e os olhos atentos.

Silencioso, ele empurrou levemente as vidraças da janela. Se ninguém as tivesse verificado, elas cederiam ao esforço, pois durante a tarde ele as havia destrancado.

As vidraças cederam. Então, com infinita precaução, ele as abriu ainda mais. Assim que conseguiu introduzir a cabeça na abertura, ele parou. Um pouco de luz se infiltrava entre as cortinas: ele viu Gervaise e Ludovic sentados ao lado do cofre.

Falavam pouco, apenas algumas palavras raras e em voz baixa, absortos no trabalho. Arsène calculou a distância que o separava deles, projetou os movimentos exatos que teria que fazer para dominá-los e imobilizá-los, um após o outro, antes que tivessem tempo de pedir socorro, e estava prestes a correr, quando Gervaise disse:

— A sala ficou fria de repente! Vou me deitar. Você vem?

— Gostaria de terminar primeiro.

— Terminar! Mas vai demorar a noite toda.

— Não, uma hora, no máximo.

Ela se retirou. Vinte minutos, trinta minutos se passaram. Arsène abriu um pouco mais a janela. As vidraças cederam. Ele empurrou novamente. Ludovic virou-se e, ao ver as cortinas balançando com o vento, levantou-se para fechar a janela...

Não houve um grito, nem mesmo uma ameaça de luta. Com alguns gestos precisos e sem causar nenhuma lesão, Arsène o imobilizou, enrolou a cortina em sua cabeça, amarrou-a de tal forma que Ludovic não conseguiu nem ver o rosto do agressor.

Então, rapidamente, ele se dirigiu ao cofre, pegou duas pastas, colocou-as embaixo do braço, saiu do escritório, desceu a escada, atravessou o pátio e abriu a porta dos fundos. Um carro estacionava na rua.

— Pegue isto aqui primeiro — ele disse ao motorista — e venha comigo.

E voltou para o escritório. Em duas viagens eles esvaziaram o cofre. Em seguida, Arsène foi até seu quarto, retirou a corda e apagou todos os vestígios de sua passagem. Estava concluído.

Algumas horas depois, Arsène Lupin começava a analisar as pastas com a ajuda do companheiro. Não se decepcionou ao constatar que a fortuna dos Imberts não era tão grande quanto diziam, pois já o havia previsto isso. Os milhões não chegavam a centenas, nem mesmo a dezenas. Mas o total ainda representava uma quantia muito respeitável, e os títulos eram excelentes, títulos de ferrovias, da prefeitura de Paris, fundos estatais, de Suez, de minas do Norte, etc.

Ele se declarou satisfeito.

— Certamente — disse —, vamos perder muito valor na hora de negociar. Encontraremos dificuldades e teremos que aceitar um preço baixo. Apesar de tudo, esse valor vai me permitir viver como quero... e realizar alguns sonhos muito importantes.

— E o resto dos papéis?

— Pode queimar, meu caro. Essas pilhas de papéis ficavam bem no cofre. Para nós, não têm utilidade. Quanto aos títulos, vamos trancá-los bem guardados no armário da cozinha e esperar o momento certo.

No dia seguinte, Arsène não tinha motivos para voltar à casa dos Imbert. Mas, ao ler os jornais, ele se deparou com uma notícia inesperada: Ludovic e Gervaise tinham desaparecido.

O cofre foi aberto com grande solenidade. Os magistrados encontraram lá o que Arsène Lupin havia deixado... bem pouco.

⁓⁓

Esses são os fatos, e agora vem a explicação dada por Arsène Lupin a alguns deles. Eu mesmo ouvi a história no dia em que ele fez algumas confidências.

Naquele dia, ele estava em meu escritório andando de um lado para o outro, com uma expressão um tanto agitada que eu não reconhecia.

— No fim, essa era sua melhor chance? — perguntei.

Sem me responder diretamente, ele disse:

— Existem alguns segredos impenetráveis nessa história. Depois de toda a explicação que lhe dei, ainda restam muitos mistérios! Por que fugiram? Por que não aproveitaram a ajuda que eu dava a eles involuntariamente? Seria muito fácil alegar que os cem milhões estavam no cofre, e que deixaram de estar, porque foram roubados!

— Eles perderam a cabeça.

— Sim, é isso, perderam a cabeça... Por outro lado...

— O quê?

— Não, nada.

O que significava aquela relutância? Ele não dizia tudo, era óbvio, e o que não dizia, detestaria dizer.

Fiquei intrigado. Tinha que ser algo muito sério, para fazer um homem como ele hesitar.

Fiz perguntas aleatórias.

— Você não os viu mais?

— Não.

— E não sentiu nenhum remorso por essas duas pessoas infelizes?

— Eu! — ele exclamou, assustado.

A reação me deixou surpreso. Tinha tocado em uma questão incômoda? Eu insisti:

— É claro. Sem você, eles poderiam ter enfrentado o perigo... ou fugido com os bolsos cheios, pelo menos.

— Remorso, é isso que acha que sinto?

— Minha nossa!

Ele bateu com a mão sobre a mesa.

— Então, na sua opinião, eu deveria estar com remorso?

— Remorso, arrependimento, não sei, algum sentimento...

— Algum sentimento pelas pessoas...

— Pessoas de quem você roubou uma fortuna.

— Que fortuna?

— Bem... esses dois ou três maços de títulos...

— Esses dois ou três maços de títulos! Roubei os títulos deles, não foi? Parte da herança deles? Essa é minha culpa? É esse o meu crime? Mas, que diabo, meu caro, então não percebeu que esses títulos eram falsos? Ouviu o que eu disse? FALSOS!

Eu o encarei incrédulo.

— Falsos, esses quatro ou cinco milhões?

— Falsos — ele gritou, enraivecido —, todos falsos! Os títulos da prefeitura de Paris, os fundos do Estado, só papel, nada além de papel! Nem um centavo, não ganhei um único centavo com isso! E você me pergunta se tenho remorso? São eles quem deveriam ter! Eles me enganaram como se eu fosse um idiota qualquer! Trataram-me como o último de seus tolos, e o mais imbecil!

A raiva que o dominava era real, composta por ressentimento e orgulho ferido.

— A verdade é que estive nas mãos deles o tempo todo, desde o início! Sabe qual foi meu papel nessa história, ou melhor, o papel que eles me fizeram desempenhar? O de André Brawford! Sim, meu caro, e não vi nada! Só percebi depois, através dos jornais e comparando alguns detalhes. Enquanto eu posava de benfeitor, o cavalheiro que arriscou a vida para tirar o sujeito das mãos de um agressor selvagem, eles me fizeram passar por um dos Brawfords! Não é admirável? O esquisitão que ocupava o quarto no segundo andar, o selvagem que eles mostravam de longe, esse era Brawford, e eu era Brawford! E graças a mim, graças à confiança que inspirei com o nome de Brawford, os banqueiros emprestaram, e os advogados convenceram seus clientes a emprestar! Ah, que bela aula para um iniciante! Ah! Juro, aprendi bem a lição!

Ele parou de repente, segurou meu braço e me disse com um tom irritado, no qual era fácil perceber nuances de ironia e admiração:

— Meu caro, no momento, Gervaise Imbert me deve mil e quinhentos francos!

Pela primeira vez, não consegui conter o riso. Era uma atitude bem-humorada, verdadeiramente superior. E ele mesmo teve um acesso de riso.

— Sim, meu caro, mil e quinhentos francos! Não apenas não recebi só um centavo, como ela me pediu mil e quinhentos francos emprestados! Tudo que economizei desde a juventude! E sabe para quê? Para os pobres! Estou dizendo, para ajudar supostos miseráveis que ela amparava sem o conhecimento de Ludovic! E eu caí nessa! Não é engraçado demais? Arsène Lupin se desfaz de mil e quinhentos francos, e se desfaz deles pela boa senhora de quem roubou quatro milhões em títulos falsos! E de que combinações, esforço e truques brilhantes precisei para alcançar esse belo resultado! Foi a única vez na vida em que alguém me enganou. E francamente, fui enganado em grande estilo, um prejuízo memorável...

A PÉROLA NEGRA

O toque da campainha acordou a zeladora do número 9 na avenida Hoche. Ela puxou a corda, resmungando:

— Achei que todos estivessem em casa. São três horas, pelo menos!

O marido respondeu baixinho:

— Talvez seja para o médico.

De fato, uma voz perguntou:

— Doutor Harel... em qual andar?

— Terceiro, lado esquerdo. Mas o médico não atende à noite.

— Vai ter que atender.

O cavalheiro atravessou o saguão, subiu um andar, dois andares e, sem parar no andar do Dr. Harel, continuou até o quinto. Lá ele experimentou duas chaves. Uma operava a fechadura, a outra, a trava de segurança.

— Maravilha — sussurrou. — O trabalho é bem simples. Mas antes de agir, tenho que garantir a segurança. Vamos ver... já tive tempo de tocar a campainha do médico e ser dispensado por ele? Ainda não... um pouco de paciência...

Depois de uns dez minutos, ele desceu a escada e bateu no vidro da cabine da zeladora, resmungando contra o médico. A mulher abriu a porta, ele saiu e a deixou fechar com força. No entanto, a porta não fechou, porque o homem colocou rapidamente um pedaço de ferro no vão da fechadura no batente, impedindo o encaixe do ferrolho.

Depois voltou tranquilamente, sem ser notado pela zeladora e seu marido. Em caso de alarme, sua segurança estava garantida.

Calmo, ele subiu os cinco andares. Na antessala, à luz de uma lanterna elétrica, colocou o sobretudo e o chapéu sobre uma das cadeiras, sentou-se em outra e cobriu os sapatos com grossas sapatilhas de feltro.

— Ufa! Pronto... e com que facilidade! Eu me pergunto por que nem todo mundo escolhe o confortável ofício de ladrão. Com um pouco de habilidade e capricho, nada pode ser mais charmoso. É um trabalho tranquilo... um trabalho de pai... muito conveniente até... chega a ser tedioso.

Ele desdobrou a planta detalhada do apartamento.

— Vamos começar nos orientando. Aqui, vejo o retângulo do corredor onde estou. Do lado da rua, a sala de estar, o boudoir e a sala de jantar. Não preciso perder tempo aí, parece que a condessa tem um gosto deplorável... não tem nem uma bugiganga mais valiosa! Então, direto ao ponto. Ah! Aqui está o desenho de um corredor, do corredor que leva aos quartos. Na marca dos três metros, devo encontrar a porta do closet que se comunica com o quarto da condessa.

Ele dobrou a planta, apagou a lanterna e caminhou pelo corredor contando:

— Um metro... dois metros... três metros... Aqui está a porta... Tudo funcionando bem, meu Deus! Um simples ferrolho, um pequeno ferrolho, me separa do quarto e, além do mais, sei que essa trave está a um metro do chão... Então, com uma pequena incisão ao redor da fechadura, me livro disso...

Ele tirou do bolso os instrumentos necessários, mas uma ideia o deteve.

— E se, por acaso, essa fechadura não foi acionada? Não custa tentar...

Ele girou a maçaneta. A porta se abriu.

— Meu bravo Lupin, a sorte está ao seu lado, com toda certeza. E agora? Você conhece o layout dos locais onde vai agir, conhece o lugar onde a condessa esconde a pérola negra. Consequentemente, para se apoderar da pérola negra, tudo depende de ficar mais quieto que o silêncio, mais invisível que a noite.

Arsène Lupin demorou meia hora para abrir a segunda porta, que era de vidro e dava para o quarto. Mas trabalhou com tamanha precaução que, caso a condessa não estivesse dormindo, nenhum rangido suspeito a perturbaria.

De acordo com seu plano, só tinha que contornar uma poltrona. Isso o levaria a uma cadeira, depois a uma mesinha que ficava perto da cama. Sobre a mesa havia uma caixa de papel de cartas e, fechada nessa caixa, a pérola negra.

Ele se esticou no tapete e seguiu os contornos da poltrona. Do outro lado, parou para controlar os batimentos cardíacos. Apesar de não sentir medo, não conseguia vencer essa angústia que se experimenta em um silêncio excessivo. E ficou espantado com isso, pois, afinal, havia vivido minutos mais solenes sem emoção. Nenhum perigo o ameaçava. Então, por que o coração batia descompassado? Era essa mulher adormecida que o impressionava, essa vida tão perto dele?

Ele ouviu e pensou poder ver o ritmo de uma respiração. Acalmou-se como se aquela fosse uma presença amigável.

Então, com pequenos gestos imperceptíveis, estendeu a mão para a cadeira e rastejou até a mesa, tateando a sombra de seu braço estendido. A mão direita encontrou uma das pernas da mesa.

Finalmente! Tudo o que precisava fazer era se levantar, pegar a pérola e ir embora. Ótimo, pois o seu coração começava a pular de novo no peito como um animal aterrorizado, pulsando tão forte que ele achava impossível a condessa não acordar.

Ele o acalmou com uma força de vontade prodigiosa, mas, ao tentar se levantar, a mão esquerda encontrou no tapete um objeto que ele imediatamente reconheceu como um abajur, um abajur virado; e imediatamente outro objeto se apresentou, um relógio, um daqueles pequenos relógios de viagem que ficam em um estojo de couro.

O que era isso? O que estava acontecendo? Ele não entendia. Esse abajur... o relógio... por que os objetos não estavam em seus devidos lugares? Ah! O que estava acontecendo em meio às sombras assustadoras?

E, de repente, um grito escapou de seu peito. Ele havia tocado... oh! Que coisa estranha e indescritível! Mas não, não, o medo prejudicava seu raciocínio. Vinte segundos, trinta segundos, ele continuava imóvel, apavorado, com o suor escorrendo das têmporas. E os dedos guardavam a sensação do contato.

Com um esforço determinado, estendeu a mão novamente. Tocou mais uma vez naquilo, naquela coisa estranha e indescritível. E a sentiu. Exigiu que a mão sentisse e percebesse. Era cabelo, um rosto... e aquele rosto estava frio, quase gelado.

Por mais aterrorizante que seja a realidade, um homem como Arsène Lupin a domina assim que a vê. Rapidamente, ele acendeu a lanterna. Havia uma mulher deitada diante dele, coberta de sangue. Ferimentos horríveis desfiguravam o pescoço e ombros. Ele se abaixou e a examinou. Estava morta.

— Morta, morta — repetiu com espanto.

E olhava para aqueles olhos parados, para o sorriso malicioso daquela boca, para aquela carne lívida e para aquele sangue, todo aquele sangue que havia se espalhado no tapete e agora endurecia, espesso e escuro.

Ele se levantou, acionou o interruptor, a sala se encheu de luz e ele pôde ver todos os sinais de uma luta violenta. A cama estava toda desarrumada, com cobertores e lençóis rasgados. No chão, o abajur e o relógio, cujos ponteiros marcavam onze e vinte, e mais adiante uma cadeira tombada e sangue por toda parte, poças de sangue.

— E a pérola negra? — ele sussurrou.

A caixa de papéis de carta estava em seu lugar. Ele a abriu rapidamente. O estojo estava lá dentro. Mas estava vazio.

— Maldição — ele resmungou —, você se gabou da própria sorte cedo demais, meu amigo Arsène Lupin. A condessa assassinada, a pérola negra perdida... a situação não é nada boa! Vamos, ou ainda vai correr o risco de se ver acusado de pesadas responsabilidades.

Mas ele não saiu do lugar.

— Fugir? Sim, outro correria. Mas Arsène Lupin? Não há nada melhor a fazer? Vejamos, vamos colocar as coisas em ordem. Afinal, sua consciência está limpa... Suponha que você seja um chefe de polícia e tenha que fazer uma investigação... Sim, mas para isso teria que ter um cérebro mais limpo. E o meu está em péssimo estado!

Ele caiu em uma poltrona, apertou os punhos cerrados contra a testa quente.

֍

O caso da Avenida Hoche é um dos que mais nos intrigam nos últimos tempos, e eu certamente não o teria contado se a participação de Arsène Lupin não o tivesse esclarecido de maneira muito especial. Poucos desconfiam dessa participação. Em todo caso, ninguém conhece a verdade exata e curiosa.

Quem não conhecia, mesmo que só de vê-la no Bois, Léontine Zalti, a ex-cantora, esposa e viúva do conde de Andillot, a Zalti cujo luxo deslumbrou Paris há cerca de vinte anos, a Zalti, condessa de Andillot, a quem seu diamante e os adornos de pérolas deram fama na Europa? Dizia-se que carregava nas costas os cofres de vários bancos e as minas de ouro de várias empresas australianas. Os grandes joalheiros trabalharam para os Zalti como costumam servir reis e rainhas.

 E quem não se lembra da catástrofe que tragou toda essa riqueza? Bancos e minas de ouro, o abismo devorou tudo. Da maravilhosa coleção distribuída pelo leiloeiro, restou apenas a famosa pérola negra. A Pérola Negra! Ou seja, uma fortuna, se ela quisesse passá-la adiante.

 Ela não quis. Preferia cortar custos, viver em um apartamento simples com sua camareira, a cozinheira e um criado, em vez de vender a joia de valor inestimável. Havia um motivo que ela não tinha receio de confessar: a pérola negra fora presente do imperador! E quase arruinada, reduzida à existência mais medíocre, ela permanecia fiel à companheira de dias melhores.

 — Enquanto for viva — dizia —, não me desfarei dela.

 Durante o dia, ela a usava no pescoço. À noite, a guardava em um lugar conhecido apenas por si mesma.

 Todos esses fatos relembrados pelos jornais estimularam a curiosidade e, por incrível que pareça, mas fácil de compreender para quem tem a chave do enigma, foi justamente a prisão do suposto assassino que complicou a história e prolongou o mistério. Dois dias depois, de fato, os jornais publicaram as seguintes notícias:

"Fomos informados sobre a prisão de Victor Danègre, criado da condessa de Andillot. As acusações contra ele são avassaladoras. Na manga do casaco de seu uniforme, que o senhor Dudouis, chefe da Sûreté, encontrou em seu sótão, entre o estrado da cama e o colchão, havia manchas de sangue. Além disso, faltava no colete um botão forrado de tecido. Mas esse botão foi encontrado logo no início das buscas, embaixo da cama da vítima.

"É provável que depois do jantar, Danègre, em vez de voltar ao sótão, tenha se esgueirado para o closet e, pela porta de vidro, tenha visto a condessa guardando a pérola negra.

"Devemos dizer que, até o momento, nenhuma evidência surgiu para sustentar essa suposição. De qualquer maneira, outro ponto permanece obscuro. Às sete da manhã, Danègre foi à tabacaria no Boulevard de Courcelles: primeiro o porteiro, depois a tabacaria, testemunharam essa movimentação. Por outro lado, a cozinheira da condessa e a sua camareira, que dormem no final do corredor, afirmaram que às oito horas, ao se levantarem, a porta da antessala e a da cozinha estavam trancadas. Há vinte anos a serviço da condessa, essas duas pessoas estão acima de qualquer suspeita. Portanto, nos perguntamos como Danègre conseguiu sair do apartamento. Ele tinha feito outra chave? A investigação vai esclarecer esses diferentes pontos."

A investigação não esclareceu absolutamente nada, pelo contrário. Soubemos que Victor Danègre era um perigoso reincidente, um alcoólatra e libertino, a quem não custava muito esfaquear alguém. Mas o assunto em si parecia, à medida que era estudado, cercar-se de uma escuridão mais densa e de contradições mais inexplicáveis.

Em primeiro lugar, uma jovem de Sinclèves, prima e única herdeira da vítima, declarou que a condessa, um mês antes de sua morte, havia lhe contado em carta como escondia a pérola negra. Um dia depois de receber a correspondência, ela percebeu que a carta havia desaparecido. Quem a roubara?

Por sua vez, os zeladores contaram que abriram a porta para um indivíduo que procurava o Dr. Harel. O médico foi intimado. Ninguém havia tocado a campainha de seu apartamento. Então, quem era aquele indivíduo? Um cúmplice?

Essa hipótese do cúmplice foi adotada pela imprensa e pelo público. Ganimard, o velho inspetor-chefe Ganimard, a defendeu, não sem razão.

— Lupin está no meio disso — ele disse ao juiz.

— Bah! — respondeu o magistrado —, você o vê em todos os lugares, esse seu Lupin.

— Eu o vejo em todos os lugares, porque ele está em todos os lugares.

— Em vez disso, reconheça que o vê sempre que algo não está muito claro para você. Além disso, neste caso, repare no seguinte: o crime foi cometido às 23h20, como atesta o relógio, e a visita noturna, denunciada pelos zeladores, só aconteceu às três da manhã.

A justiça frequentemente acata e segue o direcionamento dessas convicções, o que significa que os eventos são forçados a se encaixar na explicação inicial que foi dada. Os deploráveis antecedentes de Victor Danègre, reincidente, bêbado e depravado, influenciaram o juiz, e embora nenhuma nova circunstância surgisse para corroborar as duas ou três pistas descobertas no início, nada o demovia dessa convicção. Ele concluiu a fase de instrução. Algumas semanas depois, os debates começaram.

Eram tímidos e lânguidos. O juiz-presidente os conduzia sem ardor. O promotor público atacava com mansidão. Nessas condições, o advogado de Danègre fez um bom jogo, mostrou as lacunas e as inconsistências da acusação. Não existia nenhuma evidência física. Quem fez a cópia da chave, a chave indispensável, sem a qual Danègre não teria podido fechar a porta e trancá-la com duas voltas da fechadura depois de sair do apartamento? Quem viu essa chave e o que aconteceu com ela? Quem viu a faca do assassino e o que aconteceu com ela?

— E de qualquer maneira — concluiu o advogado —, prove que foi o meu cliente quem matou. Prove que o autor do furto e do crime não é aquele personagem misterioso que invadiu a casa às três da manhã. O relógio marcava onze horas, você vai me dizer? E daí? Não podemos acertar os ponteiros do relógio na hora que for mais conveniente?

Victor Danègre foi absolvido.

❧

Ele foi libertado da prisão em uma noite de sexta-feira, magro, deprimido depois de seis meses em uma cela. Os interrogatórios, a solidão, os debates no julgamento, as deliberações do júri, tudo isso o encheu de um terror doentio. À noite, pesadelos terríveis e visões da forca o assombravam. Ele tremia de febre e terror.

Com o nome de Anatole Dufour, alugou um pequeno quarto nas alturas de Montmartre e vivia de serviços aleatórios, se mexendo de um lado para o outro.

Vida lamentável! Três vezes contratado por três empregadores diferentes, que o reconheceram na última hora e o demitiram.

Muitas vezes ele percebeu, ou pensou ter percebido, que homens o seguiam, homens da polícia, não tinha dúvidas, que não desistiram de induzi-lo a cair em alguma armadilha. E, de antemão, sentiu o aperto rude da mão que o agarrava pelo colarinho.

Uma noite, quando jantava em um restaurante da região, alguém se sentou diante dele. Era um homem de seus quarenta anos, vestido com uma sobrecasaca preta que não parecia muito limpa. Ele pediu uma sopa, legumes e uma garrafa de vinho.

E depois de tomar a sopa, olhou para Danègre e o encarou por um longo tempo.

Danègre ficou pálido. Com certeza, aquele indivíduo era um dos que o seguiam há semanas. O que poderia querer? Danègre tentou se levantar. Não conseguiu. Suas pernas tremiam sob o peso do corpo.

O homem serviu-se de uma taça de vinho e encheu a taça de Danègre.

— Um brinde, amigo?

Victor gaguejou:

— Sim... sim... à sua saúde, amigo.

— À sua saúde, Victor Danègre.

O outro pulou, sobressaltado.

— Eu... eu... mas não... eu juro...

— O que vai jurar? Que você não é ele? O criado da condessa?

— Que criado? Meu nome é Dufour. Pergunte ao dono do restaurante.

— Dufour, Anatole, sim, para o proprietário, mas Danègre para a justiça, Victor Danègre.

— Não é verdade! Não é verdade! Mentiram para você.

O recém-chegado tirou um cartão do bolso e entregou-lhe. Victor leu: "Grimaudan, ex-inspetor da Sûreté. Informações confidenciais." Ele se encolheu.

— Você é da polícia?

— Não sou mais, mas gostava do trabalho e decidi continuar de um jeito mais... lucrativo. De vez em quando, descobrimos negócios que são minas de ouro... como o seu.

— O meu?

— Sim, o seu é um caso excepcional, se quiser colaborar.

— E se eu não quiser?

— Não tem escolha. Você está em uma situação em que não pode se recusar a nada.

Uma apreensão surda invadiu Victor Danègre. Ele perguntou:

— O que quer de mim? Fale.

— Muito bem — respondeu o outro homem —, vamos acabar logo com isso. Resumindo, é o seguinte: fui enviado pela srta. de Sinclèves.

— Sinclèves?

— A herdeira da condessa de Andillot.

— E daí?

— Bem, a srta. Sinclèves me pediu para recuperar a pérola negra que está em seu poder.

— A Pérola Negra?

— Aquela que você roubou.

— Mas eu não a tenho!

— É claro que tem.

— Se a tivesse, eu seria o assassino.

— Você é o assassino.

Danègre tentou rir.

— Felizmente, meu bom senhor, o Tribunal de Justiça não pensou dessa maneira. Fui absolvido por unanimidade, todos os jurados me consideraram inocente. E quando se tem a consciência limpa e a confiança de doze pessoas boas...

O ex-inspetor agarrou seu braço.

— Sem frases de efeito, meu rapaz. Escute com muita atenção e pense bem no que vou dizer, vai valer a pena. Danègre, três semanas antes do crime, você roubou do cozinheiro a chave que abre a porta dos fundos, e você fez uma chave semelhante em Outard, o chaveiro que funciona no número 244 da rua Oberkampf.

— Não é verdade, não é verdade — grunhiu Victor —, ninguém viu essa chave... ela não existe.

— Aqui está a chave.

Depois de um silêncio, Grimaudan continuou:

— Você matou a condessa com um canivete comprado no Republic Bazaar no mesmo dia em que mandou fazer a cópia da chave. A lâmina é triangular e oca com uma ranhura.

— Mentira, está fazendo suposições ao acaso. Ninguém viu a faca.

— Aqui está.

Victor Danègre recuou. O ex-inspetor continuou:

— Há manchas cor de ferrugem nela. Preciso explicar a procedência dessas manchas?

— E daí? Você tem uma chave e uma faca... Quem pode dizer que um dia me pertenceram?

— Primeiro o chaveiro, depois o funcionário de quem você comprou a faca. Já refresquei a memória deles. Frente a frente, certamente o reconhecerão.

Ele falava com um tom ríspido e duro, com uma precisão aterrorizante. Danègre estremeceu de medo. Nem o juiz, nem o presidente da Corte, nem o promotor tinham se aproximado tanto da história real, visto, com tanta clareza, coisas que ele próprio já não enxergava com essa nitidez.

No entanto, ele ainda tentou fingir indiferença.

— Se essas são as provas que tem...

— Tenho mais uma. Depois do crime, você saiu por onde havia entrado. Mas, no meio do closet repleto de vestidos, teve que se apoiar à parede para não cair, porque perdeu o equilíbrio.

— Como sabe? — Victor gaguejou. — Ninguém poderia saber.

— Ah, a justiça, nenhum daqueles cavalheiros pensou em acender uma vela e examinar as paredes. Mas se tivessem feito essa investigação, teriam visto, no gesso branco, uma marca vermelha muito fraca, mas nítida o suficiente para encontrarmos nela a impressão digital do polegar sujo de sangue, que você encostou na parede. Deve saber que, na antropometria, esse é um dos principais meios de identificação.

Victor Danègre estava pálido. Gotas de suor escorriam de sua testa e pingavam na mesa. Ele olhou para aquele homem estranho, com olhar insano, que falava de seu crime, como se o tivesse testemunhado sem ser visto.

Indefeso, derrotado, ele abaixou a cabeça. Havia lutado contra todos durante meses. Contra esse homem, sentia que não havia nada a fazer.

— Se eu entregar a pérola para você — ele murmurou —, quanto vai me dar?

— Nada.

— Como? Só pode estar brincando! Eu entrego um objeto que vale uma fortuna e não recebo nada?

— É a vida.

O desgraçado estremeceu. Grimaudan acrescentou com tom quase gentil:

— Vamos, Danègre, essa pérola não tem valor para você. Não pode vendê-la. Para que conservá-la?

— Sempre há receptadores... mais cedo ou mais tarde, por qualquer preço...

— Mais cedo ou mais tarde será tarde demais.

— Por quê?

— Por quê? Ora, porque a justiça terá posto as mãos em você, e, desta vez, com as provas que tenho para fornecer, a faca, a chave, a digital do polegar, enfim, você estará arruinado, meu bom homem.

Victor segurou a cabeça com as duas mãos e pensou. Sentia-se perdido, de fato, irreparavelmente perdido e, ao mesmo tempo, muito cansado, tomado por uma necessidade imensa de descansar e desistir de tudo.

Ele sussurrou:

— Quando precisa dela?

— Esta noite, antes da uma hora.

— Ou então...

— Ou então vou mandar para a promotoria pública essa carta em que a srta. de Sinclèves o denuncia.

Danègre serviu-se de duas taças de vinho, que bebeu em rápida sucessão, depois se levantou.

— Pague a conta e vamos logo... Já estou farto dessa porcaria.

A noite havia chegado. Os dois homens desceram a rua Lepic e seguiram por transversais na direção do

Star. Caminhavam em silêncio, Victor, muito cansado e com as costas curvadas.

No Parc Monceau, ele disse:

— É ao lado do prédio...

— É claro! Você só saiu antes de ser preso para ir à tabacaria.

— Chegamos — Danègre anunciou sem emoção na voz.

Eles caminharam ao longo do portão do jardim e atravessaram a rua em cuja esquina ficava a tabacaria. Danègre deu mais alguns passos e parou. Suas pernas tremiam. Ele se deixou cair sentado em um banco.

— Vamos em frente — disse seu acompanhante.

— É aqui.

— Aqui! O que está dizendo?

— Bem ali, na nossa frente.

— Na nossa frente! Danègre, sugiro que não...

— Repito que está ali.

— Onde?

— Entre duas pedras de calçamento.

— Quais?

— Procure.

— Quais? — repetiu Grimaudan.

Victor não respondeu.

— Ah! perfeito, quer me fazer de idiota.

— Não... mas... vou morrer na miséria.

— Está hesitando? Pois bem, serei generoso. De quanto precisa?

— O suficiente para comprar uma passagem de terceira classe para a América.

— Negócio fechado.

— E cem francos para as despesas.
— Dou duzentos. Agora fale.
— Conte as pedras do calçamento, à direita do bueiro. Está entre a décima segunda e a décima terceira.
— Perto da calçada?
— Sim, na sarjeta.

Grimaudan olhou em volta. Os bondes passavam, as pessoas passavam. Mas ora! Quem poderia suspeitar?

Ele abriu o canivete e enfiou a lâmina entre a décima segunda e a décima terceira pedras do pavimento.

— E se não estiver aqui?
— Se ninguém me viu abaixar e enterrá-la, ainda está aí.

Seria possível? A pérola negra enterrada na lama da sarjeta, à disposição do primeiro que chegasse! A pérola negra... uma fortuna!

— Em que profundidade?
— Dez centímetros, mais ou menos.

Ele cavou a areia molhada. A ponta do canivete encontrou um obstáculo. Com os dedos, ele alargou o buraco.

E viu a pérola negra.

— Aqui estão seus duzentos francos. Vou mandar sua passagem para a América.

No dia seguinte, o *Echo de France* publicou este pequeno artigo, que foi reproduzido por jornais de todo o mundo:

"Desde ontem, a famosa pérola negra está nas mãos de Arsène Lupin, que a tirou do assassino da Condessa de Andillot. Em pouco tempo, reproduções dessa joia preciosa serão exibidas em Londres, São Petersburgo, Calcutá, Buenos Aires e Nova York.

Arsène Lupin aguarda as propostas que seus agentes terão para fazer a ele."

༒

— E é assim que o crime é sempre punido e a virtude, recompensada — concluiu Arsène Lupin, quando me contou os detalhes do caso.

— E foi assim que, disfarçado de Grimaudan, ex-inspetor da Sûreté, você foi escolhido pelo destino para tirar do criminoso o produto de seu crime.

— Exatamente. E admito que esta é uma das aventuras de que mais me orgulho. Os quarenta minutos que passei no apartamento da condessa, depois de constatar sua morte, estão entre os mais incríveis e intensos de minha vida. Em quarenta minutos, envolvido na mais insólita situação, reconstituí o crime e tive certeza, com a ajuda de algumas pistas, de que o culpado só poderia ser um criado da condessa. Por fim, entendi que, para que eu pegasse a pérola, esse criado teria que ser preso, e deixei o botão do colete, mas que não deveria haver contra ele nenhuma prova irrefutável de sua culpa. Peguei a faca abandonada no tapete, tirei a chave esquecida da fechadura, tranquei a porta com duas voltas da chave e limpei as impressões digitais na parede do closet. Na minha opinião, esse foi um daqueles lances de...

— De gênio — interferi.

— De gênio, se quiser, e que não teria passado pela cabeça de qualquer um. Antever em um segundo os dois lados do problema — uma prisão e uma absolvição — usar o formidável aparato de justiça para desequilibrar meu alvo, deixá-lo atordoado, enfim, colocá-lo em uma situação que o faria, depois de libertado, cair na armadilha um tanto grosseira que armei para ele!

— Um pouco? Muito, porque ele não corria perigo.

— Ah, nenhum mesmo, porque toda absolvição é definitiva.

— Coitado...

— Coitado... Victor Danègre! Esqueceu que ele é um assassino? Teria feito qualquer coisa, as maiores imoralidades, para conservar a pérola negra. Ele sobreviveu, pense assim, Danègre está vivo!

— E a pérola negra é sua.

Ele a tirou de um dos compartimentos secretos de sua carteira, examinou-a, acariciou-a com os dedos e com um olhar emocionado e suspirou:

— Que marajá bobo e vaidoso vai ser dono deste tesouro? A qual bilionário americano estará destinada a pequena peça de beleza e luxo que adornava o pescoço branco de Léontine Zalti, condessa de Andillot?

HERLOCK SHOLMÈS CHEGA TARDE DEMAIS

— É estranha essa sua semelhança com Arsène Lupin, Velmont!

— O senhor o conhece?

— Oh! Como todo mundo, por fotografias, nenhuma igual às outras, mas cada uma delas provocando a impressão de uma fisionomia idêntica... que é a sua, realmente.

Horace Velmont parecia bastante incomodado.

— Não é, meu caro Devanne! E o senhor não é o primeiro a me dizer isso, pode acreditar.

— Devo dizer — insistiu Devanne — que, se você não me tivesse sido recomendado por meu primo d'Estevan e não fosse o famoso pintor cujas belas paisagens marinhas eu admiro, talvez tivesse informado a polícia de sua presença em Dieppe.

A piada foi recebida com risadas generalizadas. Estavam ali, na grande sala de jantar do castelo de Thibermesnil, além de Velmont, o abade Gélis, pároco da aldeia, e uma dezena de oficiais cujos regimentos faziam manobras na região, e que aceitaram o convite do banqueiro Georges Devanne e de sua mãe. Um deles exclamou:

— Mas Arsène Lupin não foi visto no litoral depois do famoso assalto ao trem de Paris a Le Havre?

— Isso mesmo, três meses atrás, e na semana seguinte conheci nosso excelente Velmont no cassino, e desde então, ele tem me honrado com a gentileza de algumas visitas, um preparativo para a visita mais séria que me fará um dia desses... ou melhor, uma noite dessas!

Todos riram de novo e foram para a velha sala da guarda, uma sala ampla e de pé direito alto que ocupava toda a parte inferior da torre Guillaume, e onde Georges Devanne reunia a riqueza incomparável acumulada ao longo dos séculos pelos senhores de Thibermesnil. Baús, arcas e candelabros decoravam o aposento. Tapeçarias magníficas enfeitavam as paredes de pedra. Os recuos das quatro janelas eram profundos, equipados com bancos, e as vidraças terminavam em vitrais pontiagudos emoldurados em chumbo. Entre a porta e a janela à esquerda, havia uma estante monumental de estilo renascentista, em cujo frontão letras douradas formavam a palavra "Thibermesnil" e, embaixo dela, o orgulhoso lema da família: "Faça o que quiser".

E enquanto eles acendiam charutos, Devanne continuou:

— Peço apenas que se apresse, Velmont, pois esta é a última noite de que dispõe.

— E por quê? — perguntou o pintor, que tratava do tema com bom humor.

Devanne estava prestes a responder, quando a mãe fez um sinal para ele. Mas a animação do grupo e o desejo de entreter os convidados prevaleceram.

— Ora! — ele resmungou — Posso falar agora. Não há mais motivo para temer a indiscrição.

Os convidados sentaram-se à sua volta tomados por grande curiosidade, e ele disse com o ar satisfeito de quem anuncia uma grande novidade:

— Amanhã, às quatro da tarde, Herlock Sholmès, o grande policial inglês para quem não há mistério, Herlock Sholmès, o mais extraordinário decifrador de enigmas que já vimos, o personagem prodigioso que parece ter sido criado pela imaginação de um romancista, Herlock Sholmès será meu convidado.

Todos reagiram com espanto. Herlock Sholmès em Thibermesnil. Então era sério? Arsène Lupin estava mesmo naquela área?

Arsène Lupin e sua gangue não estão longe. Sem levar em conta o caso do barão Cahorn, a quem atribuir os roubos de Montigny, Gruchet, Crasville, senão ao nosso ladrão nacional? Agora é minha vez.

— E você foi avisado, como o barão Cahorn?

— A mesma coisa não funciona duas vezes.

— Então?

— Então... então aqui está.

Ele se levantou e apontou para um pequeno espaço vazio em uma das prateleiras da estante, entre dois enormes in-fólios.

— Havia um livro ali, um livro do século XVI chamado *Crônica de Thibermesnil*, que contava a história do castelo desde sua construção pelo duque Rollo sobre os alicerces de uma fortaleza feudal. Eram três placas gravadas. Uma era uma visão panorâmica da propriedade, a segunda era a planta dos edifícios, e a terceira, e aqui chamo sua atenção para isto, era o diagrama de uma passagem subterrânea que começa na primeira linha das muralhas e termina aqui, exatamente aqui, nesta sala onde estamos. No entanto, esse livro está desaparecido desde o mês passado.

— Puxa — disse Velmont —, isso é um mau sinal. Porém, não é suficiente para motivar a intervenção de Herlock Sholmès.

— Certamente não seria, se não houvesse outro fato que confere todo significado ao que acabo de relatar. Havia uma cópia dessa *Crônica* na Biblioteca Nacional, e essas duas cópias diferiam em certos detalhes sobre o subterrâneo, como no estabelecimento de um perfil e uma escala e várias anotações, não impressas, mas escritas à mão em tinta mais ou menos apagada. Eu conhecia essas peculiaridades e sabia que o layout final só poderia ser reconstruído por meio de uma comparação cuidadosa dos dois mapas. Porém, no dia seguinte ao do desaparecimento do meu exemplar, o da Biblioteca Nacional foi solicitado por um leitor, que o levou embora sem que fosse possível determinar as condições em que o furto fora realizado.

A declaração provocou reações de espanto.

— Agora o assunto está ficando sério.

— Além disso, nessa época — disse Devanne —, a polícia estava ocupada e houve uma investigação dupla, que, aliás, não produziu resultados.

— Como todas das quais Arsène Lupin é o objeto.

— Exatamente. Foi então que me ocorreu pedir ajuda a Herlock Sholmès, que respondeu que tinha o maior desejo de entrar em contato com Arsène Lupin.

— Que glória para Arsène Lupin! — disse Velmont. — Mas se nosso ladrão nacional, como você o chama, não tiver planos para Thibermesnil, Herlock Sholmès ficará aqui sem fazer nada?

— Tem outra coisa pela qual ele vai se interessar muito, a descoberta do subterrâneo.

— Como assim, já não disse que uma das entradas dava para o campo, e a outra para esta sala?

— Onde? Em que parte da sala? A linha que representa o subterrâneo nos mapas termina, de um lado, em um pequeno círculo marcado por estas duas letras maiúsculas "T. G.", o que provavelmente significa Tour Guillaume. Mas a torre é redonda, e quem poderia determinar onde começa o contorno do desenho no círculo?

Devanne acendeu um segundo charuto e serviu-se de uma taça de licor. Eles o pressionavam com perguntas. Ele sorria, feliz com o interesse despertado. Finalmente disse:

— O segredo se perdeu. Ninguém no mundo o conhece. Diz a lenda que os senhores poderosos o repassavam de pai para filho no leito de morte, até o dia em que Geoffroy, o último com esse nome, teve sua cabeça decepada no cadafalso, no 7 de termidor ano II, seu décimo nono de vida.

— Mas depois de um século, ninguém procurou?

— Sim, mas em vão. Eu mesmo, quando comprei o castelo do sobrinho-neto do Convencional Leribourg, mandei fazer escavações. Com que propósito? Não esqueça que esta torre rodeada de água está ligada ao castelo por um só ponto, o que significa que a passagem subterrânea deve passar por baixo do fosso. A planta da Biblioteca Nacional mostra também uma série de quatro escadas com quarenta e oito degraus, o que sugere uma profundidade de mais de dez metros. E a escala, anexada à outra planta, determina a distância em duzentos metros. Na verdade, todo o problema está aqui, entre este piso, este teto e estas paredes. Bem, admito que hesito em demoli-los.

— E não temos nenhuma pista?

— Nenhuma.

O Padre Gélis se manifestou:

— Sr. Devanne, temos que mencionar duas citações.

— Oh! — Devanne exclamou rindo. — Senhor le Curé é um pesquisador de arquivos, um grande leitor de memórias, e tudo o que diz respeito a Thibermesnil o fascina. Mas a explicação a que ele se refere só serve para confundir as coisas.

— De novo isso?

— E o senhor persiste?

— Veementemente.

— Pois bem, saibam que, de acordo com as leituras dele, dois reis da França encontraram a resposta para o enigma.

— Dois reis da França!

— Henrique IV e Louis XVI.

— Reis singulares. E como senhor l'Abbé sabe disso?

— Oh, é muito simples — continuou Devanne. — Um dia antes da Batalha de Arques, o Rei Henrique IV veio jantar e dormir neste castelo. Às onze horas da noite, Luísa de Tancarville, a dama mais bonita da Normandia, foi-lhe apresentada clandestinamente graças à cumplicidade do duque Edgard, que, naquela ocasião, revelou o segredo de família. Henrique IV, mais tarde, contou esse segredo a seu ministro Sully, que relata a anedota em seu *Royales Economies d'État*, sem acrescentar nenhum comentário além desta frase incompreensível: "A hélice gira no ar, roda e se move, a asa se abre e encontramos Deus".

Houve um silêncio, e Velmont brincou:

— Não explica muita coisa.

— Não é? Senhor le Curé quis que Sully escrevesse a chave do enigma dessa maneira, sem revelar o segredo aos escribas a quem ele ditou suas memórias.

— É uma possibilidade engenhosa.

— De fato, mas o que é essa hélice que gira, e essa roda que se move, e essa asa que se abre?

— E o que Deus tem a ver com a história?

— Que mistério!

Velmont continuou:

— E esse bom Luís XVI, foi também para receber a visita de uma senhora que mandou abrir o subterrâneo?

— Não sei. Tudo o que se pode dizer é que Luís XVI esteve hospedado em Thibermesnil em 1784, e que o famoso armário de ferro, encontrado no Louvre depois do relato de Gamain, continha um papel com estas palavras escritas por ele: "Thibermesnil: 2-6-12".

Horace Velmont começou a rir:

— Vitória! Cada vez mais as trevas se dissipam. Duas vezes seis são doze.

— Ria o quanto quiser, senhor — disse o abade —, o fato é que essas duas citações contêm a solução e que, um dia ou outro, haverá alguém que saiba interpretá-las.

— Herlock Sholmès, decerto — disse Devanne. — A menos que Arsène Lupin chegue antes dele. O que acha, Velmont?

— Velmont se levantou, colocou a mão no ombro de Devanne e declarou:

— Acredito que nos dados fornecidos em seu livro e no da Biblioteca faltavam informações da maior importância, as quais o senhor fez a gentileza de fornecer. Obrigado.

— O que quer dizer?

— Quero dizer que agora, com a hélice girando, a roda se movendo, as asas se abrindo e duas vezes seis perfazendo doze, só preciso entrar em ação.

— Sem perder um minuto.

— Sem perder um segundo! Não espera que eu roube seu castelo ainda esta noite, antes da chegada de Herlock Sholmès?

— De fato, não tem muito tempo. Precisa de transporte?

— Para Dieppe?

— Para Dieppe. Aproveito para trazer o sr. e a sra. D'Androl e uma jovem amiga deles, o grupo chega no trem da meia-noite.

E, dirigindo-se aos oficiais, Devanne acrescentou:

— Além disso, vamos todos nos encontrar aqui amanhã para o almoço, não é, senhores? Conto com vocês, porque este castelo será cercado e tomado de assalto por seus regimentos às onze em ponto.

O convite foi aceito, todos se despediram; um momento depois, o carro levava Devanne e Velmont pela estrada para Dieppe. Devanne deixou o pintor em frente ao cassino e seguiu para a estação.

À meia-noite, seus amigos desceram do trem. À meia-noite e meia, o automóvel passava pelos portões de Thibermesnil. À uma hora, após um jantar leve servido na sala, todos se recolheram. Gradualmente, todas as luzes se apagaram. O grande silêncio da noite envolveu o castelo.

☙❧

Mas a lua venceu a barreira das nuvens que a encobriam e atravessou duas janelas da sala de estar com sua luz branca. Durou apenas um momento. Muito rapidamente, a lua se escondeu atrás da cortina das colinas. E veio a escuridão. O silêncio aumentou com as sombras mais densas. De vez em quando, ouvia-se, em meio à quietude, o rangido dos móveis, ou o farfalhar dos juncos no fosso que lavava as velhas paredes com sua água verde.

O relógio marcava uma cadeia infinita de segundos. Ele anunciou duas horas. E novamente os segundos se sucediam apressados e monótonos na pesada paz da noite. O relógio marcou três horas.

E, de repente, alguma coisa estalou, um ruído parecido com o sinal da cancela anunciando a passagem de um trem. E um fino raio de luz cruzou a sala de um lado para o outro, como uma flecha que deixava um rastro cintilante. Brotava do veio central de uma pilastra à qual se apoiava, do lado direito, o frontão da estante. Iluminou, primeiro, o painel à frente, desenhando um círculo tremeluzente, depois, girou em torno desse ponto como um olhar preocupado examinando as sombras, depois desceu e subiu, enquanto parte da estante girava sobre seu eixo e revelava uma grande abertura em forma de arco.

Um homem entrou carregando uma lanterna elétrica. Mais dois homens surgiram trazendo um rolo de cordas e várias ferramentas. O primeiro inspecionou a sala, ouviu com atenção e disse:

— Chamem os outros.

Oito homens passaram pelo túnel, sujeitos enormes de expressão cheia de energia. E a mudança começou.

Foi rápido. Arsène Lupin ia de um móvel a outro, examinava-o e, dependendo do tamanho ou do valor artístico, ignorava ou ordenava:

— Levem!

E o objeto era removido, tragado pela boca escancarada do túnel, levado para as entranhas da terra.

E assim foram retiradas seis poltronas e seis cadeiras Luís XV, tapeçarias Aubusson e candelabros Gouthière, dois Fragonards, e um Nattier, um busto de Houdon e estatuetas. Às vezes, Lupin se demorava na frente de um baú magnífico ou de uma pintura soberba e suspirava:

— Muito pesado, e aquele... muito grande... que pena!

E continuava sua experiência.

Em quarenta minutos, a sala de estar estava "limpa", para usar a expressão de Arsène. E tudo foi feito com uma organização admirável, sem nenhum ruído, como se todos os objetos que aqueles homens transportavam tivessem sido envoltos em algodão grosso.

Ele, então, disse ao último homem que saía levando um relógio de pêndulo Boulle:

— Não precisam voltar. Carreguem o caminhão e sigam para o sítio do Roquefort.

— Mas e você, chefe?

— Deixem a motocicleta.

Assim que o homem saiu, ele empurrou o lado móvel da biblioteca de volta ao seu lugar e, depois de remover os vestígios da movimentação e apagar as pegadas, ele levantou um alçapão e entrou em uma galeria que fazia a ligação entre a torre e o castelo. No meio desse corredor havia uma vitrine, principal motivação para Arsène Lupin insistir em suas investigações.

Nela havia maravilhas, uma coleção única de relógios, caixas de rapé, anéis, gargantilhas, miniaturas das melhores obras. Com um alicate, ele forçou a fechadura, e foi um prazer inenarrável se apossar daquelas joias de ouro e prata, daquelas pequenas obras de uma arte tão preciosa e tão delicada.

Ele tinha pendurado a tiracolo uma grande bolsa de lona, especialmente preparada para acondicionar as preciosidades. Ele a encheu. E também encheu os bolsos do paletó, da calça e do colete. E estava puxando com o braço esquerdo uma pilha daquelas retículas de pérolas tão valorizadas por nossos ancestrais e pelas quais a moda atual era tão apaixonada, quando ouviu um barulhinho.

Ele aguçou os ouvidos: não estava enganado, o ruído ficava mais claro.

E, de repente, ele lembrou: no fim da galeria, uma escada interna levava a um apartamento, antes vazio, mas que, desde aquela noite, era ocupado pela jovem que Devanne fora buscar em Dieppe com seus amigos, os Androl.

Com um gesto rápido, ele apagou a lanterna. Mal havia alcançado o recuo de uma janela, quando, no topo da escada, a porta se abriu e uma luz pálida invadiu a galeria.

Teve a sensação — pois meio escondido atrás de uma cortina não conseguia ver nada — de que uma pessoa descia os primeiros degraus com passos cautelosos. Esperava que ela não fosse mais longe. Mas ela continuou e deu vários passos para o interior da galeria. De repente, deu um gritinho. Sem dúvida, tinha visto a vitrine quebrada e quase vazia.

Pelo cheiro, ele adivinhou a presença de uma mulher. Suas roupas quase roçavam na cortina que o escondia, e ele teve a sensação de ouvir o coração daquela mulher batendo, e achava que ela também sentia a presença de alguém às suas costas, nas sombras, ao alcance da mão... Disse a si mesmo: "Ela está com medo...

vai embora... é impossível não ir". Ela não foi. A vela, que antes tremia em sua mão, ficou firme. Ela se virou, hesitou por um momento, pareceu ouvir o silêncio amedrontador e, de repente, puxou a cortina.

Eles se encararam.

Arsène sussurrou abalado:

— Você... você... senhorita.

Era a srta. Nelly.

Srta. Nelly! A passageira do transatlântico, aquela que misturou seus sonhos aos de um rapaz durante aquela travessia inesquecível, aquela que testemunhou sua prisão e que, em vez de o trair, teve o belo gesto de atirar ao mar a máquina fotográfica onde ele havia escondido as joias e o dinheiro... Srta. Nelly! A querida e sorridente criatura cuja imagem tantas vezes entristeceu ou alegrou suas longas horas na prisão!

O acaso que os colocava na presença um do outro, naquele castelo e àquela hora da noite, era tão prodigioso, que eles não se mexeram e não proferiram uma palavra, espantados, hipnotizados pela fantástica aparição que um representava para o outro.

Cambaleando, abalada com a emoção, a srta. Nelly teve que se sentar.

Ele permaneceu parado diante dela. E aos poucos, nos intermináveis segundos que se seguiram, foi tomando consciência da impressão que devia dar naquele momento, com a sacola carregada de bugigangas e os bolsos cheios. Uma grande confusão o invadiu, e ele corou ao se encontrar ali, naquela postura feia de ladrão pego em flagrante. Para ela, agora, o que quer que acontecesse, era ele o ladrão que punha a mão nos bolsos dos outros, que arrombava portas e entrava furtivamente.

Um dos relógios rolou pelo tapete, depois outro. E outras coisas iam escorregando de seus braços, objetos que ele não conseguia segurar. Então, tomando uma decisão repentina, ele deixou alguns itens caírem na poltrona, esvaziou os bolsos e soltou a bolsa.

Sentia-se mais confortável na frente de Nelly, e deu um passo na direção da jovem com a intenção de falar com ela. Mas ela se retraiu, levantou-se rapidamente, como se estivesse apavorada e correu para a sala. A porta se fechou e ele a seguiu. Lá estava ela aturdida, tremendo, olhando com terror para a imensa sala saqueada.

Ele disse imediatamente:

— Amanhã, às três horas, tudo estará de volta ao lugar. Os móveis serão devolvidos.

Ela não respondeu, e ele repetiu:

— Amanhã, às três horas, estou assumindo um compromisso. Nada no mundo poderá me impedir de cumprir essa promessa... Amanhã, às três horas...

Um longo silêncio pairou sobre os dois. Arsène não ousava interrompê-lo, e a emoção da jovem lhe causava uma dor real. Lentamente, sem dizer uma palavra sequer, ele se afastou.

E pensou:

"Deixe-a ir! Deixe que fique à vontade para ir! Que ela não tenha medo de mim!"

Mas, de repente, ela gaguejou:

— Ouço passos... alguém se aproxima...

Ele a encarou espantado. Ela parecia oprimida pelo perigo que se aproximava.

— Não consigo ouvir nada — disse ele —, e mesmo que ouvisse...

— O quê? Mas precisa fugir... fuja, depressa...

— Fugir... por quê?

— Porque precisa... precisa... fuja...

De repente, ela correu para a entrada da galeria e ouviu atenta. Não, não havia ninguém. O barulho vinha de fora? Ela esperou um segundo, depois, mais tranquila, se virou.

Arsène Lupin havia desaparecido.

೭ℴ✧

No exato momento em que Devanne percebeu a pilhagem de seu castelo, disse a si mesmo: foi Velmont quem fez o trabalho, e Velmont não é outro senão Arsène Lupin. Tudo se explicava assim, e nada era explicado de outra maneira. Era uma ideia rasa, era improvável que Velmont não fosse Velmont, isto é, o famoso pintor, o companheiro de círculo social de seu primo d'Estevan. E quando o sargento da polícia se apresentou imediatamente ao ser informado, Devanne nem pensou em contar a ele essa suposição absurda.

Durante toda a manhã houve intensa movimentação em Thibermesnil. Os guardas, a polícia campestre, o comissário de polícia de Dieppe, os habitantes da aldeia, todos se agitavam pelos corredores, ou no parque, ou em volta do castelo. A aproximação das tropas em manobra e o estalar dos canhões se somavam ao cenário pitoresco.

A primeira verificação não forneceu pistas. Como as janelas não foram quebradas, nem as portas foram arrombadas, a retirada dos objetos só podia ter sido feita pela passagem secreta. Porém, no tapete, não havia nenhum rastro de passos, nenhum sinal incomum nas paredes.

Só uma coisa, inesperada, denotava claramente a veia teatral de Arsène Lupin: o famoso *Chronique* do século XVI havia retornado ao seu lugar de antes e, ao lado dele, havia um livro semelhante, que não era outro senão a cópia roubada da Biblioteca Nacional.

Às onze horas os oficiais chegaram. Devanne cumprimentou-os com alegria — qualquer que fosse o aborrecimento provocado pela perda de tais tesouros artísticos, sua fortuna permitia suportá-lo sem mau humor. Seus amigos, os Androl e Nelly, desceram a escada.

Pelas apresentações feitas, percebemos que faltava um convidado, Horace Velmont. Ele não viria?

Sua ausência teria despertado as suspeitas de Georges Devanne. Mas ao meio-dia em ponto, ele entrou. Devanne exclamou:

— Tudo na hora certa! Você veio!

— E não deveria ter vindo?

— Sim, mas poderia ter faltado... depois de uma noite tão agitada! Já deve saber das novidades.

— Que novidades?

— Você roubou o castelo.

— Francamente!

— É como digo. Mas antes, ofereça seu braço à srta. Underdown, vamos almoçar... Senhorita, permita-me...

Ele parou ao ver a confusão no rosto da jovem. Então, de repente, lembrou-se:

— Ah, é verdade, a senhorita viajou com Arsène Lupin uma vez... antes de ele ser preso... A semelhança é surpreendente, não é?

Ela não respondeu. Diante dela, Velmont sorria. Ele se curvou, e a jovem aceitou seu braço. Ele a conduziu até seu lugar à mesa e sentou-se à sua frente.

Durante o almoço, o assunto foi Arsène Lupin, os móveis roubados, o subsolo, Herlock Sholmès. Só no final da refeição, quando outros assuntos eram discutidos, Velmont entrou na conversa. Ele era divertido e sério, eloquente e espirituoso. E tudo o que dizia parecia ter o propósito de impressionar a moça. Muito distraída, ela parecia nem ouvir.

O café foi servido no terraço com vista para o pátio principal e o jardim francês, na fachada principal. No meio do gramado, o regimento começou a tocar, e a multidão de camponeses e soldados lotou as alamedas do parque.

No entanto, Nelly lembrou-se da promessa de Arsène Lupin: "Às três horas tudo estará lá, é meu compromisso".

Às três horas! E os ponteiros do grande relógio que adornava a ala direita marcavam duas e quarenta. Ela olhava para eles o tempo todo, apesar de si mesma. E também olhava para Velmont, que se embalava tranquilamente em uma confortável cadeira de balanço.

Duas e cinquenta... duas e cinquenta e cinco... uma mistura de impaciência e angústia tomava conta da jovem. Seria possível a realização do milagre, e na hora marcada, quando o castelo, o pátio e o campo estavam cheios de gente, enquanto, naquele exato momento, o procurador e o juiz de instrução continuavam com a investigação?

E ainda... ainda assim, Arsène Lupin havia prometido com tanta solenidade! Será como ele disse, pensou ela, impressionada com tudo o que havia naquele homem, a energia, a autoridade e a certeza. E já não lhe parecia um milagre, mas um acontecimento natural que deveria acontecer por força das circunstâncias.

Por um segundo, seus olhares se encontraram. Ela corou e olhou para o outro lado.

Três horas... A primeira batida aconteceu, a segunda batida, a terceira... Horace Velmont tirou o relógio do bolso, olhou para ele e o guardou novamente. Alguns segundos se passaram. E agora a multidão se afastava pelo gramado, abrindo passagem a duas carroças que acabavam de atravessar o portão do parque, ambas atreladas a dois cavalos. Eram aquelas carroças que acompanham os regimentos e transportam os cantis para os oficiais e as malas para os soldados. Elas pararam na frente dos degraus. Um contramestre saltou de um dos assentos e perguntou pelo sr. Devanne.

Devanne se levantou correndo e desceu a escada. Embaixo das lonas, cuidadosamente arrumados e bem embrulhados, ele viu seus móveis, as pinturas, as obras de arte.

Às perguntas feitas a ele, o contramestre respondeu, mostrando a ordem que havia recebido do ajudante de plantão, e que o ajudante havia anexado, pela manhã, à lista de ordens do dia. De acordo com o documento, a segunda companhia do quarto batalhão deveria garantir que os objetos e móveis deixados na estrada de Halleux, na floresta d'Arques, fossem levados às três horas para o sr. Georges Devanne, dono do castelo de Thibermesnil. Assinado: Coronel Beauvel.

— Na estrada — acrescentou o sargento —, encontramos tudo pronto, enfileirado sobre a grama e sob a vigilância... dos transeuntes. Achei estranho, mas o que fazer? A ordem era categórica.

Um dos oficiais examinou a assinatura: imitada com perfeição, mas falsa.

A música havia parado de tocar, as carroças eram esvaziadas, os móveis eram devolvidos aos lugares.

Em meio à comoção, Nelly ficou sozinha no fim da varanda. Estava séria e preocupada, agitada por pensamentos confusos que não tentava formular. De repente, ela viu Velmont se aproximando. Queria avistá-lo, mas o ângulo da balaustrada que delimitava a varanda a cercava de dois lados, e uma fileira de grandes caixas de arbustos, laranjeiras, loendros e bambus não lhe deixava outra passagem além daquela por onde o jovem se aproximava. Ela não se mexeu. Um raio de sol tremeluziu em seus cabelos dourados, agitou-se nas frágeis folhas de um bambu. Alguém disse baixinho:

— Cumpri a promessa que fiz ontem à noite.

Arsène Lupin estava perto dela, e não havia mais ninguém ali.

Ele repetiu, com atitude hesitante, a voz tímida:

— Cumpri a promessa que fiz ontem à noite.

Esperava uma palavra de gratidão, ao menos um gesto que demonstrasse o interesse dela pelo ato. Ela ficou em silêncio.

Esse desprezo irritava Arsène Lupin e, ao mesmo tempo, dava a ele uma ideia profunda de tudo o que o separava de Nelly, agora que ela sabia a verdade. Gostaria de se explicar, pedir desculpas, mostrar sua vida no que tinha de ousado e grandioso. Mas as palavras o incomodavam antes que as dissesse, e ele sentiu o absurdo e a insolência de qualquer explicação. Então murmurou com tristeza, inundado por uma enxurrada de lembranças:

— Como o passado é distante! Você se lembra das longas horas na Pont de la Provence? Ah! Como hoje, você segurava uma rosa na mão, uma rosa pálida assim... Eu a pedi... Foi como se não me ouvisse... Mas depois que se afastou, encontrei a rosa... provavelmente esquecida... e a guardei.

Ela ainda não respondia. Parecia muito distante. Ele continuou:

— Em respeito àquelas horas, não pense no que sabe. Que o passado se junte ao presente! Que não seja eu quem você viu naquela noite, mas o outro, o de outrora, e deixe seus olhos olharem para mim, mesmo que por um segundo, como olharam antes. Por favor... Não sou ainda o mesmo?

Ela ergueu os olhos e o encarou. Então, sem dizer uma palavra, tocou o anel que ele usava no dedo indicador. Só se via a base, mas o engaste, virado para baixo, sustentava um rubi maravilhoso.

Arsène Lupin corou. O anel pertencia a Georges Devanne.

Ele sorriu com amargura.

— Tem razão. O que foi, sempre será. Arsène Lupin é e só pode ser Arsène Lupin, e entre você e ele não pode haver sequer uma recordação. Perdoe-me. Eu deveria ter entendido que minha simples presença perto de você seria um ultraje.

Ele recuou para junto da balaustrada com o chapéu na mão. Nelly passou por ele. Ele se sentiu tentado a contê-la, a implorar. A ousadia o abandonou, e ele a seguiu com os olhos, como no dia distante em que ela cruzara a passarela do cais de Nova York. Ela subiu a escada para a porta. Por mais um momento, sua silhueta esguia destacou-se entre os mármores do salão. Depois ele não a viu mais.

Uma nuvem encobriu o sol. Arsène Lupin observou, imóvel, os rastros de passos impressos na terra. De repente, ele se assustou: na caixa de bambu, contra a qual Nelly se apoiara, jazia a rosa, a rosa pálida que ele não ousara pedir... Também esquecida, sem dúvida? Mas esquecida de propósito ou por distração?

Ele a pegou com paixão. Pétalas se soltaram da flor, e ele as recolheu como se fossem relíquias...

—Vamos—disse para si mesmo—, não tem mais nada para fazer aqui. Pense em sua segurança. Especialmente porque, se Herlock Sholmès se envolver nisso, as coisas podem se complicar.

※

O parque estava deserto. Porém, perto do pavilhão de acesso à entrada, havia um grupo de policiais. Ele entrou no matagal, escalou o muro que cercava a propriedade e pegou uma trilha para chegar à estação mais próxima, um caminho que serpenteava pelos campos. Estava andando há menos de dez minutos, quando o caminho se estreitou, espremido entre dois barrancos, e alguém entrou nesse corredor, caminhando em sentido oposto.

Era um homem de cerca de cinquenta anos, talvez, bastante forte, com o rosto barbeado e roupas que sugeriam sua origem estrangeira. Ele carregava uma pesada bengala em uma das mãos e uma bolsa a tiracolo.

Eles se cruzaram. O estranho disse com um sotaque inglês quase imperceptível:

— Com licença, senhor... esta é a estrada para o castelo?

— Siga em frente, senhor, e vire à esquerda assim que se deparar com um muro. Esperam ansiosamente por sua chegada.

— Ah!

— Sim, ontem à noite meu amigo Devanne nos contou sobre sua visita.

— Pior para M. Devanne, se ele falou demais.

— E estou feliz por ser o primeiro a cumprimentá-lo. Herlock Sholmès não tem admirador mais fervoroso que eu.

Havia em sua voz um tom imperceptível de ironia da qual ele imediatamente se arrependeu, pois Herlock Sholmès o estudou da cabeça aos pés com um olhar tão envolvente e perspicaz, ao mesmo tempo que Arsène Lupin teve a impressão de ser desmascarado, detido, registrado por esse olhar, com mais exatidão e mais essencialmente do que jamais havia sido por qualquer câmera.

"A foto foi tirada", ele pensou. Não preciso mais me disfarçar com esse homem. Será que... ele me reconheceu?

Passos ecoaram, e eles ouviram o som de cavalos avançando em meio ao tilintar dos arreios. Eram os policiais. Os dois homens tiveram que se encostar ao barranco, na grama alta, para escapar do atropelamento. Como os policiais se seguiam a certa distância, demoraram um pouco a passar. E Lupin pensou:

"Tudo depende disto: será que ele me reconheceu? Nesse caso, há uma boa chance de ele abusar da situação. O problema é angustiante".

Quando o último cavaleiro passou por eles, Herlock Sholmès endireitou-se e, sem dizer nada, limpou, com as mãos, a vestimenta empoeirada. A alça da bolsa ficou enroscada em um galho de espinheiro. Arsène Lupin o ajudou. Eles se estudaram mais uma vez. E, se alguém os tivesse surpreendido naquele momento, teria tido uma visão impressionante do primeiro encontro desses dois homens tão únicos, tão poderosos, ambos verdadeiramente superiores e destinados inevitavelmente por suas aptidões especiais a colidirem como duas forças iguais que a ordem das coisas empurrava uma contra a outra através do espaço.

Então, o inglês disse:

— Obrigado senhor.

— Ao seu dispor — Lupin respondeu.

Eles se afastaram. Lupin seguiu em direção à estação, Herlock Sholmès continuou andando para o castelo.

O juiz de instrução e o promotor público haviam partido depois de investigações infrutíferas, e Herlock Sholmès era esperado com uma curiosidade justificada por sua grande reputação. Ficaram um pouco desapontados com sua aparência de bom burguês, a qual era profundamente diferente da imagem que faziam dele. Ele nada tinha do herói de um romance, do personagem enigmático e diabólico que a ideia de Herlock Sholmès evocava nas pessoas. Devanne, no entanto, exclamou com exuberância:

— Finalmente, Mestre, chegou! Que felicidade! Faz tanto tempo que esperava... Quase fico feliz com tudo o que aconteceu, pois me dá o prazer de encontrá-lo. Mas, por falar nisso, como chegou aqui?

— De trem!

— Que pena! Mandei meu carro para o cais.

— Para uma recepção oficial, não é? Com bateria e música! Excelente maneira de facilitar meu trabalho — resmungou o inglês.

Esse tom nada convidativo desconcertou Devanne, que, tentando brincar, continuou:

— Felizmente, o trabalho é mais fácil do que descrevi na carta.

— E por quê?

— Porque o roubo aconteceu ontem à noite.

— Se não tivesse anunciado minha visita, senhor, é provável que o roubo não tivesse ocorrido na noite passada.

— E quando?

— Amanhã ou outro dia.

— E se fosse assim?

— Lupin teria sido capturado.

— E minha mobília?

— Não teria sido levada.

— Minha mobília está aqui.

— Aqui?

— Tudo foi trazido de volta às três horas.

— Por Lupin?

— Por duas carroças militares.

Herlock Sholmès pôs o chapéu na cabeça com um gesto brusco e ajeitou a bolsa, e Devanne exclamou:

— O que está fazendo?

— Indo embora.

— Por quê?

— Sua mobília está aqui, Arsène Lupin está longe. Meu papel aqui acabou.

— Mas preciso de sua ajuda, caro senhor. O que aconteceu ontem pode se repetir amanhã, já que não sabemos o mais importante, como Arsène Lupin entrou, como saiu e por que, poucas horas depois, devolveu tudo.

— Ah! Você não sabe...

A ideia de um segredo a ser desvendado acalmou Herlock Sholmès.

— Muito bem, vamos descobrir. Mas rápido, pois não? E, tanto quanto possível, sozinho.

A frase designava claramente os assistentes. Devanne entendeu e conduziu o inglês à sala de estar. Com tom seco, em frases que pareciam ter sido ensaiadas antecipadamente e com grande parcimônia, Sholmès fez perguntas sobre a noite anterior, sobre os convidados que estavam lá, sobre os frequentadores do castelo. Em seguida, examinou os dois volumes do *Chronique*, comparou os mapas do subterrâneo, pediu para ouvir as citações que o Padre Gélis havia mencionado e perguntou:

— Foi ontem que você mencionou essas duas citações pela primeira vez?

— Sim, ontem.

— Nunca as tinha mencionado na presença do sr. Horace Velmont?

— Nunca.

— Pois bem. Preciso do seu automóvel. Saio em uma hora.

— Em uma hora!

— Arsène Lupin demorou menos que isso para resolver o enigma que o senhor propôs a ele.

— Eu propus?

— Sim, é claro! Arsène Lupin e Velmont são a mesma pessoa.

— Eu suspeitei... ah! O patife!

— Ontem à noite, o senhor forneceu a Lupin os elementos concretos que faltavam e que ele vinha buscando há semanas. E, no decorrer da noite, Lupin encontrou tempo para entender tudo, reunir sua gangue e roubar o senhor. Minha intenção é ser igualmente rápido.

Ele andava de um lado ao outro da sala, pensando, depois se sentou, cruzou as longas pernas e fechou os olhos.

Devanne esperou, bastante envergonhado.

"Ele está dormindo? Ele está pensando?"

De qualquer maneira, ele aproveitou para sair e dar as ordens. Quando voltou, ele o viu ao pé da escada da galeria, ajoelhado, examinando o tapete.

— O que foi?

— Veja... ali... aquelas manchas de vela...

— Sim, de fato, e são recentes.

— E também vejo algumas no alto da escada, e outras perto dessa vitrine que Arsène Lupin arrombou e da qual tirou os objetos que foram deixados naquela poltrona.

— E sua conclusão?

— Nenhuma. Todos esses fatos explicariam, sem dúvida, a devolução dos objetos. Mas esse é um lado da questão que não tenho tempo para examinar. O principal é o layout do subsolo.

— Ainda espera...

— Não espero, eu sei. Não tem uma capela a duzentos ou trezentos metros do castelo?

— Uma capela em ruínas onde se encontra o túmulo do duque Rollo.

— Mande seu motorista esperar por nós perto dessa capela.

— Meu motorista ainda não voltou. Vai me avisar... Mas, pelo que vejo, o senhor calcula que o subterrâneo leva à capela. Em que evidências...

Herlock Sholmès o interrompeu:

— Peço, senhor, que providencie uma escada e uma lanterna.

— Ah! Precisa de uma lanterna e uma escada?

— Parece que sim, já que estou pedindo.

Devanne, um tanto surpreso com essa lógica áspera, tocou a sineta. Os dois objetos foram providenciados.

As ordens se sucediam com o rigor e a precisão de comandos militares.

— Posicione a escada contra a estante, à esquerda da palavra Thibermesnil...

Devanne colocou a escada no local indicado, e o inglês continuou:

— Mais para a esquerda... para a direita... Pare! Suba... Isso... Todas as letras dessa palavra estão em relevo, não estão?

— Sim.

— Vamos começar pelo H. Ela gira para um lado ou para o outro?

Devanne pegou a letra H e exclamou:

— Sim, de fato! À direita e um quarto de círculo! Quem contou?

Sem responder, Herlock Sholmès continuou:

— Consegue alcançar a letra R de onde está? Isso... Balance-a algumas vezes, como faria com uma maçaneta ao testar uma porta.

Devanne sacudiu a letra R. Para seu espanto, havia um gatilho dentro dela.

— Perfeito — disse Herlock Sholmès. — Agora é só empurrar a escada para o outro lado, ou seja, para o final da palavra Thibermesnil. Bom... E agora, se não me engano, e se as coisas estiverem acontecendo como deveriam, a letra L pode ser aberta como uma janela.

Com certa solenidade, Devanne agarrou a letra L e a puxou. A letra L se abriu, mas Devanne caiu da escada, pois toda a parte da estante entre a primeira e a última letra da palavra girou sobre o próprio eixo e descobriu a abertura para o subterrâneo.

Herlock Sholmès perguntou, apreensivo:

— O senhor se machucou?

— Não, não — disse Devanne ao se levantar. — Não estou ferido, só perplexo, reconheço... essas letras que se mexem... esse subterrâneo escancarado...

— Então? Não é tudo perfeitamente coerente com a citação de Sully?

— Como, senhor?

— Ora! O H gira, o R se move e o L se abre... e foi isso que permitiu que Henrique IV recebesse a srta. De Tancarville em um horário incomum.

— Mas e Luís XVI? — Devanne perguntou, pasmo.

— Louis XVI foi um grande ferreiro e um serralheiro habilidoso. Eu li o *Tratado sobre fechaduras de segredo*, atribuído a ele. Thibermesnil se comportava como um bom anfitrião para mostrar a seu mestre essa obra-prima da mecânica. Só para constar, o rei escreveu: 2-6-12, ou seja, H. R. L., a segunda, a sexta e a décima segunda letras da palavra.

— Ah! Perfeito, estou começando a entender... Mesmo assim... Entendo como saímos desta sala, mas não consigo entender como Lupin entrou nela. Porque, repare, ele veio de fora.

Herlock Sholmès acendeu a lanterna e deu alguns passos pelo túnel.

— Veja, todo o mecanismo é aparente do lado de cá, como as molas de um relógio, e todas as letras estão de cabeça para baixo. Lupin só precisou acioná-las deste lado da estante.

— Como prova...?

— Provar? Veja essa poça de óleo. Lupin havia até previsto que as engrenagens precisariam ser lubrificadas — disse Herlock Sholmès sem esconder a admiração.

— Mas então, ele conhecia a outra saída?

— Como eu a conheço. Venha comigo.

— Ao subsolo?

— Está com medo?

— Não, mas tem certeza de que conhece o caminho?

— De olhos fechados.

Eles desceram doze degraus primeiro, depois mais doze, e duas vezes mais doze. Em seguida, percorreram um longo corredor cujas paredes de tijolos tinham marcas de restaurações sucessivas e alguns escorridos. O chão estava úmido.

— Estamos passando embaixo do fosso — comentou Devanne nada tranquilo.

O corredor terminava em uma escada de doze degraus, seguida por mais três lances de doze degraus, que eles subiram com dificuldade até emergirem em uma pequena cavidade escavada na rocha. O caminho não continuava.

— Diabo — resmungou Herlock Sholmès —, nada além de paredes nuas, isso está ficando constrangedor.

— Devíamos voltar — Devanne murmurou —, porque, afinal, não vejo necessidade de prosseguir. Já foi esclarecedor.

Mas, depois de olhar para cima, o inglês deu um suspiro de alívio: sobre eles, repetia-se o mesmo mecanismo da entrada. Ele só teve que manusear as três letras. Um bloco de granito se soltou. Do outro lado, estava a lápide do Duque Rollo, onde havia uma inscrição com as doze letras de "Thibermesnil" em relevo. E eles entraram na pequena capela em ruínas que o inglês havia mencionado.

— "E encontramos Deus", ou seja, chegamos à capela — disse ele, relatando o fim da citação.

— Não é possível — exclamou Devanne, confuso com a clarividência e a vivacidade de Herlock Sholmès. — Será que essa simples indicação foi suficiente para o senhor?

— Bah! — disse o inglês. — Eu nem precisava dela. No exemplar da Biblioteca Nacional, a linha termina à esquerda, sabe, com um círculo, e à direita, o senhor não sabia, com uma pequena cruz, mas tão apagada que só dá para ver... com uma lupa. Essa cruz obviamente significa a capela onde estamos.

O pobre Devanne não conseguia acreditar no que estava ouvindo.

— É algo inédito, milagroso e, no entanto, simples a ponto de ser infantil! Como nunca ninguém resolveu esse mistério?

— Porque ninguém jamais juntou os três ou quatro elementos necessários, ou seja, os dois livros e as citações... Ninguém, exceto Arsène Lupin e eu.

— Mas eu também — protestou Devanne —, e o padre Gélis... Ambos sabíamos tanto quanto o senhor, e mesmo assim...

Sholmès sorriu.

— Sr. Devanne, nem todo mundo é capaz de decifrar enigmas.

— Mas eu estou procurando a resposta há dez anos. E você, em dez minutos...

— Bah! O hábito...

Eles saíram da capela, e o inglês exclamou:

— Veja ali, um carro esperando!

— Mas é o meu!

— Seu? Mas pensei que o motorista não tivesse voltado.

— De fato... e eu me pergunto...

Eles se aproximaram do carro, e Devanne perguntou ao motorista:

— Edward, quem o mandou aqui?

— Ora — respondeu o homem —, foi o sr. Velmont.

— Sr. Velmont? Então, você o encontrou?

— Perto da estação, e ele me disse para vir à capela.

— Vir à capela! Mas por quê?

— Para esperar lá pelo senhor... e seu amigo.

Devanne e Herlock Sholmès se entreolharam. Devanne disse:

— Ele entendeu que o enigma seria uma brincadeira para você. A homenagem é delicada.

Um sorriso de contentamento distendeu os lábios finos do detetive. A homenagem o agradou. Ele acenou com a cabeça e disse:

— É um homem singular. Constatei assim que o vi.

— Então o viu?

— Nós nos encontramos há pouco.

— E o senhor sabia que era Horace Velmont, quero dizer, Arsène Lupin?

— Não, mas não demorei a adivinhar... por causa de alguma ironia da parte dele.

— E o deixou escapar?

— Pois então... e teria tido todo apoio. Cinco policiais passavam por lá.

— Mas por Deus! Que oportunidade única deixou de aproveitar!

— Exatamente, senhor — disse o inglês com altivez —, quando se trata de um oponente como Arsène Lupin, Herlock Sholmès não aproveita as oportunidades... ele as cria.

Mas o tempo passava e, como Lupin teve a encantadora delicadeza de mandar o automóvel, era preciso aproveitá-lo sem demora. Devanne e Herlock Sholmès acomodaram-se na parte de trás da confortável limusine. Edward girou a manivela, e eles partiram. Campos repletos de árvores ficavam para trás. As suaves ondulações da região de Caux se estendiam diante deles. De repente, os olhos de Devanne recaíram sobre um pequeno pacote colocado em um dos compartimentos de armazenamento.

— O que é isso? Um pacote! E para quem? Ora, mas é para o senhor.

— Para mim?

— Está escrito: "Para o sr. Herlock Sholmès, de Arsène Lupin".

O inglês pegou o pacote, desamarrou a fita e abriu o papel. Dentro dele encontrou um relógio.

— Ora! — disse ele, acompanhando a exclamação com um gesto de raiva.

— Um relógio — disse Devanne —, por acaso é...?

O inglês não respondeu.

— Mas é o seu relógio! Arsène Lupin devolveu seu relógio! Mas se ele o mandou de volta, é porque o pegou... Ele pegou o seu relógio! Ah! Essa é boa, o relógio de Herlock Sholmès roubado por Arsène Lupin! Deus, que engraçado! Não, é verdade... me desculpe, mas é mais forte do que eu.

Ele riu com vontade, incapaz de se conter. E quando terminou de rir, afirmou com convicção:

— Ah, ele é realmente um homem singular.

O inglês permaneceu em silêncio. Até Dieppe, não disse uma palavra, não desviou os olhos do horizonte. Seu silêncio era terrível, insondável, mais violento que a raiva mais feroz. No cais, tendo já superado a raiva, ele disse simplesmente, mas com um tom que transmitia toda a vontade e toda a energia do personagem:

— Sim, é um homem singular, um homem em quem eu gostaria de pôr esta mão que agora estendo, senhor Devanne. E acho que Arsène Lupin e Herlock Sholmès vão se encontrar novamente um dia desses... Sim, o mundo é muito pequeno para que não voltem a se encontrar, e quando isso acontecer...

FIM

Compartilhando propósitos e conectando pessoas
Visite nosso site e fique por dentro dos nossos lançamentos:
www.gruponovoseculo.com.br

<ns

- facebook/novoseculoeditora
- @novoseculoeditora
- @NovoSeculo
- novo século editora

gruponovoseculo.com.br

Edição: 1
Fonte: Manuale